用文字照亮每个人的精神夜空

山林之美，贵于自然，自然者，存真而已。

——陈从周

陈从周作品精选

书带集

陈从周 著

燕山大学出版社
· 秦皇岛 ·

图书在版编目（CIP）数据

书带集 / 陈从周著. -- 秦皇岛 : 燕山大学出版社,
2025. 2. --（陈从周作品精选）. -- ISBN 978-7-5761-
0772-2

Ⅰ . I267

中国国家版本馆 CIP 数据核字第2024H9E199号

书带集
SHU DAI JI

陈从周　著

出版人：陈　玉		选题策划：北京领读文化		
责任编辑：柯亚莉		特约编辑：田　千　吕芙瑶		
责任印制：吴　波		封面设计：InnN Studio		
出版发行：燕山大学出版社		电　话：0335-8387555		
地　址：河北省秦皇岛市河北大街西段438号		邮政编码：066004		
印　刷：河北赛文印刷有限公司		经　销：全国新华书店		

开　本：889 mm×1194 mm　1/32		印　张：7.75	
版　次：2025年2月第1版		印　次：2025年2月第1次印刷	
书　号：ISBN 978-7-5761-0772-2		字　数：125千字	
定　价：55.00元			

目 录

泰山新议

　　过去对泰山总是沿袭了历史的记载，泰山又名岱宗，岱者代也，东方万物之始交代之处，为群岳之长。这些都有重要的含意，是正确的。我最近学习了胡耀邦同志的讲话，又结合再次的游览，以及对泰山历史的学习，我认为泰山应该是我"国家统一、民族团结"的象征。它不能泛泛地称为一个风景区，或是一个旅游点，甚至称为一座神权之山等等。我们从历代帝王封禅告祭来说，表面看来是封建的意识，有人说是麻痹人民，这当然是存在的。可是我们要尊重历史，凡是大规模、极隆重地来泰山朝拜的帝王，不是开国之君，就是盛世之主，他们对泰山之雄伟尊崇，是象征着国家的统一、民族的团结、社会的繁荣的。表面上是祭天，实际是告民，有着重大的现实意义。杜甫诗写得好，"会当凌绝顶，一览众山小"，是何等的气概啊！"重于泰山，轻于鸿毛"，这又对泰山作了高度评价了。我们中国人，对山川自然是以感情悟物，进而达人格化。因此以泰山作为最高的象征来说，是从我国哲学观点、美学观点而产生的。

［清］王翚《康熙南巡图》（卷三之济南至泰山）中的泰山

　　泰山是对人民进行历史教育、爱国主义教育的一所大课堂，是激发人们热爱祖国、热爱民族的有效教材。自秦汉以来的历朝碑刻记载、文物古迹、古建名胜，甚至一草一木，处处都是历史，都是知识。真有不登泰山，不知我民族历史悠久；不登泰山，不知我国之伟大。泰山是我中国的山，民族的山，因此，规划与建筑要有民族的特色。

　　泰山从风景来讲，山水兼南北之长，有山有水，雄伟之外，兼有深幽，其能独步中外者，其长处即在此。入山唯恐不深，登山唯恐不高，泰山皆得之了。今后在风景规划上，对风景要着眼在此，既要修整古迹名胜，又要"还我自然"。

岱庙是我国三大古建筑之一（故宫、孔庙、岱庙），它屹立在一条长达十余里的中轴线上。岱庙有古建筑、有古树、有山，而泰山若屏，作为岱庙之"借景"。岱庙是整个泰山风景的起点。这些是故宫、孔庙所不及的，正如一幅长的山水画卷，岱庙是个"引首"。我们不能孤立地分割来看。

遗憾的是，在今日的岱庙中，公园式的大门，配天门与仁安门的两侧加上了新盖建筑，弄得不伦不类，真是个破坏古建筑的"大怪物"。我陪了同济大学的外国专家在参观，他说这建筑是没有灵魂的，我哑然无以相对。这是不懂历史、不尊重历史的反映。我们要向前看。"十年浩劫"过去，已是"否极泰来"的时候了，作为泰山风景区的主要组成部分的岱庙，也该"泰来"了吧！

杭绍行脚

　　虽然清明早过，已是红了樱桃、绿了芭蕉的初夏时节，我踏上山阴道，畅游了兰亭。我无福恭逢"群贤毕至，少长咸集"的盛会，但结合我的专业，为了部署兰亭修建工程，忙里偷闲，也总算尽了一日之兴。

　　这次去兰亭，正逢细雨霏微，湿峰凝翠，道是无晴却有晴的天气。微阳欲出还敛，而山色空蒙，万竿摇碧，清流急湍，在悄无游客的境地里，任我闲吟，看山看水，听风听竹，使我觉得颇有一点佛家所谓出世之感。

　　我小心涉溪，缓步攀山，走到天章寺遗址。此处苍山四合，嗯云拍面，新篁分绿，染我衣襟。所谓"崇山峻岭，茂林修竹"，果不虚传，足见前人选址之高明也。这里地处山坳之中，人家自汲清泉，夏茶初摘，碧乳浮香，坐在石础上品茗，清冽沁人心脾。此时正值小雨初霁，苍霭缥缈，出没于松巅峰岩之间，其变幻之速，连画也画不出。即使文辞的描绘，亦不过勾起读者的向往而已。我随手拾了一些碎瓦残砖，摩挲细赏，证实天章寺原来建筑之宏伟。想起了汤显祖《牡丹亭》上的那句

"似这般都付与断井颓垣"，从喉中哼了出来，即刻却又消沉了。记得二十多年前第一次勘察兰亭，是朱家济先生陪同我来的。他是浙江省文管会委员，是一位不可多得的书画鉴赏家。他会一口好昆曲。记得我们在疲惫的旅途中，往往以曲相酬答，人目以为痴，而我们却乐在其中。可惜他前几年已撒手尘寰。兰亭虽好，故友不再，流光容易把人抛。"后之视今，亦犹今之视昔，悲夫！"

现在的兰亭，已不是晋代的原址。与王羲之《兰亭集序》所述景物终难吻合。作为主题的那条水源列在其背，环境开阔，已欠幽深，仅仅一个山麓园而已。且地势较低，因此1962年大雨受灾非浅。造园择境、选址，有关一园之优劣，其重要有如此。郊园多野趣，兰亭虽无周墙之设，而方池矩亭，以严谨破景物之自然，在造园手法上存一特例。

这回我亦到了大禹陵。大禹陵在稽山门外，记得那年严冬，为修理大禹庙，坐乌篷船前往。柔橹破寒碧，越山之秀，越水之清，掠影眼前。我说旅游的享受，有可遇而不可求，而游人的体会亦随情感而各异。绍兴的先贤陆放翁（陆游），有"细雨骑驴入剑门"之名句，亦只陆放翁能领会。不必因为不懂典故而伤了亦有"雅致"的人。

［唐］虞世南《摹兰亭序卷》（天历本）

出大禹陵，又至东湖。东湖与其说它是湖，不如叫它作水石大盆景。因为说湖太夸张了，说山亦太觉孤单了。而洞壑深渊，荫翳蔽日，潭水生寒，惊险未敢转身。游者于廊轩之前，静观得之，此东湖所以独步天下者正在此。湖非天然而成，实开石山斧凿所得，今则宛自天开，前人于此矿址，巧妙设想，化作神奇，安排得那么新奇，造成天然看屏、立体画本的景观。湖中一堤似觉生硬，尤少空透。建议改为纤桥，恐怕更具绍兴地方特色。

越中临行，我复到明代大第宅吕府商讨修理工程。这组驰名东南、具有历史文化意义的古代建筑，是我二十余年前勘察浙江古建筑时发现的。所谓"吕府十三厅"，如今国务院重申为重点保护文物，并作为旅游参观点，已着手修复。其最主要建筑为大厅，面阔七间，三明四暗，用材料之硕大，建筑之工整，彩画之鲜丽，为明中叶时代之代表作。它与安徽歙县大学士许国的大石坊，一以木构，一以石建，分庭抗衡，皆为明万历年间（1573—1620年）遗迹。厅中明代原件二匾，题名"永恩堂""齿德并茂"，书法作颜体，为明人榜书习用书体，遒劲沉着，为今世罕存之物。厅后堂横楼列，夹道森严，基本上还都保存着。原有吕本一塑像，惜近年不见。吕系明朝嘉靖万历年间（1522—1620年）大学士，故称吕阁老。

回沪途中因杭州西泠印社的整治，我又重到西子湖上。多年未见西子，也算是新游吧！在新游中必然忆旧游，旧游之友安在哉？离家乡久了，颇多老大之感，感触自然是深的。当我经钱塘门一带，举步迟迟，是那么的沉重啊！旧事填膺，思之凄哽。过去我每到杭州，必定要到附近龙游路粟庐小坐，那里住着我的忘年之交，郑晓沧与朱家济二前辈，必然偕同游里湖。1963年秋天，朱先生与我同去武义检查延福寺元代大殿修理工程回来，我住在华侨饭店，比邻是丰子恺先生。丰先生与郑先生是老友，因此郑先生每晚必来，畅谈极欢。那年，丰先生画了一张《直上青云》的画给我。可惜这张带有纪念性的宝墨，随着"十年浩劫"，与郑、丰两先生一样永离人间了。我独自在断桥边流连沉思，忽然水调传来，却是四顾茫然，久久勉强凑成了四句诗："西湖湖畔泪痕多，玉笛谁家水上歌。呼棹断桥人不识，白堤依旧隔清波。"总算也抒吐了我心中的感情，亦仿佛我对逝去的朋友致以沉痛的悼念。当天返沪，列车在奔驰之中的隆隆声，又将我从旧忆中唤回，窗外是一幅幅时刻变换着的如画江山的美景。

1978 年夏初

水乡南浔

这次因为上海科技电影制片厂要拍一部介绍我国园林艺术的影片——《江南园林》，趁着这黄花红叶、绚烂若锦的秋色，我来到了江浙交界的水乡名镇——吴兴南浔。

南浔是过去浙江首富之镇，这里的丝绸工业与商业，在近百年的经济史上占有重要的一页。从南浔到湖州的航道，两岸都是整齐的石砌帮岸，可证其昔日运输之繁荣。南浔是一个水镇，不论镇内、镇外，皆以水路为脉络，外环内绕，三步一桥，五步一拱，沿河廊屋，修直平远。用这些组成的水乡风光，真是萦回曲折，虚实交融；而白墙灰瓦，竹影荷香，恬静宜人。偶然几声柔橹，又点醒了岑寂的向晚。当我徘徊在市梢街头，正是新橘初摘、红柿盈筐的季节，宋朝词人蒋捷写过"红了樱桃，绿了芭蕉"之句，境虽不同，而情实一也。我陶醉在这小镇秋色里，至今还留着"欲去还留"的美丽回忆。

这个名镇一向富有宝贵的文化遗产。明清以来，江南私家藏书名著天下，浙江如宁波范氏天一阁、平湖葛氏传朴堂、杭州丁氏八千卷楼、硖石蒋氏衍芬草堂等，而南浔刘氏嘉业堂为后起之雄。今巍然尚存者，浙东推天一阁，浙西唯嘉业堂了。嘉业堂主人刘翰怡（承干）先生，一生致力于藏书、刻板，复建嘉业堂藏书楼于乡里，对我国文化事业作出了有益的贡献。藏书楼二层，每面阔七间，组成四合院。并附藏刻板之余屋数十间。前凿荷池，环池点缀山石；间列亭台，荷风柳浪，鸣禽上下，真是个极好的读书之处。

南浔又是一个园林名镇，其地位仅次于苏北的扬州和苏南的苏州。过去南浔的园林，其著名者有宜园、东园、适园、觉园、小莲庄（刘园）、桃园、述园、陈园等。屡经变乱，尤其在抗日战争期间受到破坏，今则仅存小莲庄与陈园。

吴兴在园林史中是有其悠久历史的。南宋时期，吴兴为退休官僚养老之地，名园特甚。吴兴园林记述南宋时私家园林多至三十处，其后园林则盛于南浔。吴兴的假山为造园家所乐道，匠师称为山匠，其名著于匠家。南浔园林自具特征，大园饶水，汪洋数顷，荷叶万柄。或无外墙，环水障之，别具一格，小莲庄为今存之佳例。已毁之适园、宜园仿佛似之。陈氏园环池筑一阁一楼，倒影清浅，极紧凑多姿。宜园盛时，词人朱彊村题之谓："春宜花，秋宜月，夏宜凉风，冬宜晴雪，景与兴会，情与时适，无乎不宜，则名之日宜园也亦宜。"园为故收藏家庞虚斋所构，今园虽亡，而旱船模型尚存同济大学建筑系，乃当年匠师顾祥甫先生所为，其结构之精，为我国园林中之上选。

小莲庄在南栅万古桥西，刘氏别业，清末刘贯经筑。其旁为义庄、家庙，园门有水码头，故水陆可达。池广十亩，即古之挂瓢池。山石绕池而叠，亭踞山而榭依水，错落有致。码头旁亭廊山石布置得宜，具界而不界、隔而不隔之意。其中静香诗堀，为四面厅，顶格（天花）之妙，为海内孤本。形作斗笠状，四面皆下高其中，白底深格，极其雅洁。园内花木华滋，得水土之宜，山石玲珑亦多佳品。家庙前列相对双石坊，其内祭堂两庑形制，系仿苏州狮子林贝氏祠，贝氏祠则袭天官坊陆祠者，其渊源如此。

南浔建筑自与其他江南城镇不相同，因为这里地主、官僚、富商比较集中，因此体现在城镇建筑上较整齐高大，代表了我国封建后期江南城镇的特色。巨大的桥梁，平坦的道路，宽畅的码头，配以廊屋，可使行者避烈日风雨，使街景的处理上增加了变化，江南地方风味便特别浓厚。像这样有典型性的水乡名镇，在我国，正如威尼斯之在意大利一样，在开展旅游事业中，定能大放光彩。

1979 年初冬

桐江行

清代诗人江弢叔有过一首诗："我要寻诗定是痴，诗来寻我却难辞。今朝又被诗寻着，满眼溪山独去时。"虽然时过一月有多，仍然是满目溪山，出没身前。那是新秋天气，我做了桐江严滩之行，又经过了富春江，真是身在图画中。人们常爱提的元代黄子久《富春山居图》，重新照眼舱前，并且将手卷越展越长，引申到了建德境内，可算是盛事了。

富春江、桐江之美，在于平波卷舒，层峦叠翠，有层次，有曲折，其明秀雅洁，可以谈得上无一点俗气。使我想起少年时读郁达夫先生的那篇关于桐君山的文章，写得太好了，老犹难忘。尤其他笔下的主角是他自己，有情致，能移人。十余年前去新安江水库，过桐庐，居然登山一次。下瞰桐庐城，江水如练，城郭俨然，自然景色与古代城市起了极鲜明的对比，建筑家往往用此手法来表达其设计匠心。桐君庙在山巅，有小径可循，石壁上的古人摩崖石刻，容我剔荆细心观赏，而风篁夹道，古木盘空，穿林闲望，所构成不同的景物，可真是画也画不出。我呼吸了那沁人心脾的空气，新鲜足以"醒醉"。怀想当年郁先生瘦瘦的身材，着件陈旧的长衫，登着布鞋，缓缓登山，谁也认不出他；也许同我一样，看石刻，览江景；到了桐君庙前，飘然临风，起了种种的幻想，才写下如此美丽的篇章。可惜郁先生下世已三十多年，桐山无恙，斯人长往，我黯然久之。这次到桐君山，景物依然，可惜山下正在建造一个个大茶叶厂，它的烟囱可能正与桐君庙并肩，黑云滚滚，又增奇观。如此"佳构"，正如过去一度所标榜的"新风景画"一样，令人啼笑皆非。深望我们搞建筑的同行，多少要"风物长宜放眼量"。

桐江上游到严州府的境地，水浅了，滩宽了，故称严滩。此时万象空明，秋入三更，滩声之美，幻入诗境。声是动，境是静，动静交织出极神秘的山景水色。严滩的北岸有钓台，是汉代严光（子陵）隐居之处，原有光武祠，今废，而古碑尚有残存者。我们登上东、西钓台，是两座峭壁小峰，甚奇险，望云山苍苍，江水茫茫，襟怀顿宽，可惜建筑物仅存一亭，还是半废，未能起"点景"作用。我们到此是为了规划此风景区而来的，虽有异于一般游客，但怀古览景之心，人皆有之。崖上古树盘根，新枝低垂，我不觉破口而出，吟了"悄立钓台人不识，临流俯视望严滩"之句，诗是打油，但多少表达了我对这古树的一刹那间的感情。归途经过大水闸、发电站，确是新貌了，容我们的画家描出美丽的图画，歌颂新中国的建设，在心境上起了了蓬勃向荣之感，领略到建筑之美。我爱自然之美，亦爱人为的建筑之美，两者平分秋色，予人以不同的感受。

我想瞻仰一下郁达夫先生的故居，向往已几十年，这次居然在归途中达到了目的。当我走到富阳文化馆前，郁先生的大儿子天民同志早已等候着我。郁家我熟人多，唯天民同志却是第一次见面，他与郁先生像极了，不过比郁先生丰采得多，没有他父亲那样憔悴。一望而知不会差错，亲切地握手，两人的手中仿佛导电一样，体现了这不寻常的会面。他带领我到满洲弄郁氏故宅，那窄狭的陋巷、低小的石库门、剥蚀了的粉墙，都与当时没有两样，只是其中的三间楼屋已重为之翻建，如今天民同志居住着，每年要接待许多中外来宾。我从这座旧墙门，长满了杂花的天井中，想到了郁先生在此度过的童年。这秋初的阳光，蔚蓝的晴空，都照映过这一代的大文学家。我从天民同志的脸上，仿佛看到了我四十年前见到的郁先生。那天谈得很畅快，交换了许多有关史实。我猛然记起了他父亲写的"楚泽尽多兰与芷，湖乡初度日如年"之句，那种在旧社会内外交困的复杂心理，吐出了这样沉痛的诗，不禁默然泪下，惋惜他未能见到今日。天民同志又陪我上江边山麓的郁氏别业，小楼一幢，是达夫先生的长兄曼陀先生奉母颐养之所，江流绕山，帆影移槛，景物平远。我最爱这一带江上的蚱蜢舟，两头尖尖，轻巧极了。宋代女词人李清照词上的"只恐双溪蚱艋舟，载不动许多愁"就是这种船，它与江帆形成了非常明显的小大对比，在水平如线的江景上，划出了极轻灵的画面。抗战初郁老夫人在此楼夹墙中绝食殉难。后来曼陀、达夫兄弟又相继为国捐躯，游人到此往往驻足，以志敬意。当然，像我这样的人感触更加深了。下山登车前，天民同志与我握别，转身回满洲弄去了，遥望背影，无异其父，却已是第二代人了。

1979 年秋

满身云雾上狼山

我来游兴未阑珊，小径红稀花正残。

犹有风光笼眼底，满身云雾上狼山。

积习未消，每有所感，总凑上几句，聊将那时之情概括出来，他日翻翻，也许可以勾起一些回忆。

初夏天气，小雨溟蒙，我上了南通狼山。这里我已是第五次来临，印象一次比一次深刻，此来恰在雨中，这是过去未曾享受得到的。狼山我誉之为长江的"明珠"，苏北的一个大盆景，临江的一面是水石盆景，向北的一面是树石盆景。而南通呢？更有长江、濠河、五山（黄泥山、马鞍山、狼山、剑山、军山）、三塔（支云塔、文峰塔、天宁寺塔），有这些优美的条件，形成了既是水乡城市，又是山林城市。

五山以狼山为主峰，绵亘于长江北岸，故南望风景特佳，为长江南岸其他名山所不及者。我说山不在高，贵在层次；水不在深，富有湾环。而云烟变幻，益显幽深，此五山平地崛起，屹立大江之滨，狼山耸翠入云，支云

（塔）冠其巅，可称名副其实。其东龙爪岩深入江中，峭壁危岩，惊涛拍岸，我们到时正风劲云浓，卷起千叠雪，江山确是如画。东坡先生当年夜游赤壁，写出传世名篇，我这支秃笔何能描其万一，只好拿起照相机，使劲拍了几张照片，然而画面的静景，又怎能表达真实的波涛动态呢？

"入山唯恐不深，入林唯恐不密。"前人已道破了山景之美的要谛。山要深，林要密，大山可得之天然，小山须仗之安排，故曲径小道，古木丛竹，皆补疏之法，而天时却更多生色。这次我到狼山脚下，白云深处，隐见山巅，而支云塔半在云中，半在天际，翘首仰望，滴沥入颈，至于足下苍苔，欲伫难宁，缓步登山，时喘时息，及巅如在层云顶矣。小山能有此境界者，不可多得，故游览一事，不必拘于晴空，而晦明风雨，各臻其妙。

狼山南畅而北幽，南宜春，北宜夏。北麓的石壁真是"绝唱"，正视之宛若一个石屏，须静观，因其北向，故森严特甚，其下古木瘦挺有拔地百尺者，冷翠侵衣，清泉沁人。张謇生前筑别业于此消夏。我们啜茗廊间，松风时至，爽生两袖，鸣禽流莺，时夸得意，城市之有山林若此者，唯南通得之。

城区的濠河，被人称为南通的"项链"，形容得很形象，一个城市占有一千二百三十亩的水面，堪与北京的"三海"媲美了。它原是护城河，而今垂柳依人，间有亭榭掩映，如果此后沿河建筑能因水成景的话，那真是东方威尼斯了。南通市的明静是与濠河之水分不开的。

南通与江南的常熟遥遥相对，离上海不远，是上海的近邻。今后从吴淞口快艇往游，不但江上看山，信步游山，而河光（濠河）园景（南郊公园）亦一列在目，春秋佳日，乐事从容，则又何必一定大家挤上苏州、无锡呢？祖国之大，美景无穷，犹待我们去开发，我们要仔细着意地去经营才是。

1980 年 6 月

烟花过了上扬州

正是"烟花三月下扬州"的天气，我从上海虹桥机场恭迎了日本归来的鉴真造像，又恭送上了去扬州的专车，勾引起我扬州的旧梦。在这暮春时节，终于做了一次衣带云霞、飘然去来的漫游。闲中风月，老去江湖，这是我年来忙里偷闲的情绪。我没有那"误落尘网中"的陶渊明的清高，却多少还存有"错怨狂风扬落花，无边春色来天地"的未甘自弃的想法，这又鼓舞了我重振疲躯，数日小游何尝不是一味最好的兴奋剂呢？

二十年来，我来往扬州的次数真是无可计算，对这"淮左名都"的风光，也算是享受够了。当我进入西园宾馆之际，满眼杨花，又是柳老飞绵，有些怅然，感到春已堪怜，看花又是明年了。不料步入旅舍，正对绣球一树，皎白如雪，笼罩整个窗台。我的视线被它吸住了，高洁无尘，有此境界，人间天上几时能得。我私自欣慰，如果上月到此，太早了，迟来了呢，又阑珊花意零落残英。这似乎是佛家所言的"缘"吧。

我在这小斋中盘桓三日，朝饮堕露，夕赏斜晖，几乎将这树繁花比作缟衣仙子，我如入幻境了。当我痴立在花下，随便问了一位久居此地的青年服务员，想他也能同赏此景，不料他却无动于衷，茫然不知所对。这正是"萝卜青菜，各人各爱"。种花一年、看花十日的心情，在他是始终不会理解的。

这在我们，也不应错怪他，应该说是我们对下一代的文化教育不够。我开始谴责自己，仿佛在他们身上犯了罪过，我沉默了。

瘦西湖确是美，空灵淡远，宜人情性。我从第一次游瘦西湖，直到如今，景随情异，我的感触是有所不同的。瘦西湖的白塔、五亭桥，原是仿北京北海的，不过具体而微，但它没有北海的豪华。那种皇家的金粉，已渐渐适应不了近来的我。"城曲深藏此布衣"，在今日来讲，我只能在瘦西湖信步、荡漾，似乎较得体吧。"赢得二分明月夜，扬州千古属诗人。"瘦西湖有灵，亦将有此同感乎？

游罢瘦西湖，舍舟登岸，缓步到了小金山的月观，望四桥烟雨，我已由动观的游境，到了静观的小休。我们啜着香茗，那竹影兰香，与窗外鸟语桨声，在一抹斜阳的返照中，室内现出了香、影、光、声的变幻，神秘极了。贝多芬创作那举世闻名的《月光曲》，亦正是记下了在那微妙的瞬息间，可惜我的拙笔，又怎能描绘她呢？

大明寺西园新近又整修过，我曾经建议拆建的几座古建筑，都安排得很妥帖。山崖水际，平添景色，所谓古园林整旧如旧，这些不能不说是钱承芳、朱懋伟两同志的匠心，他们对地方文化历史了解多，又热爱乡邦文物，当然能收到今日所见的效果。西北角那座新移楠木建筑，额为"见山楼"，我们在此小坐，俯视全园，而池水一潭，照影清浅，良辰美景，乐此朝夕，二君要我掇联张之，我脱口凑了一对："假假真真，池月幻同明月洁；朝朝暮暮，平山那有见山高。"因为平山堂在它的东面，地势略低此楼，今定胜古，故有下联构思。最近武汉市在设计黄鹤楼，以图纸征意于我，所拟方案将宋代二层，清代三层，提高到今日的五层，说是要超越前代。这未免令人哑然失笑，如果再过一万年，那时的黄鹤楼将要超越泰山之巅，登高赋诗，亦必易为摩天望江了。

到了一个旧游之地，免不了怀人，想到当年的老朋友。我初到扬州，认识了黄汉侯老先生，他比我年长，诚朴热忱，爱友若命，他每天倚杖来陪我，踏遍了整个扬州。他是著名的牙刻家，海内推为第一，郭沫若、叶恭绰、陈叔通诸老皆以文辞表之。他日间与我偕游，晚间挑灯为我挥铁笔，第二天清晨又匆匆到我旅居的萃园来看我，奇文共赏，其情宛若目前。可惜这些精美的作品，在浩劫中几化为乌有，每想到此，如何不愧对亡友。在我今天写着有关扬州的著述时，是何等的悼念他老人家呢？我重经他的石牌楼故居，孤独地站在门前，往事历历，和泪俱至，交谊生死，我情何堪。如今扬州牙刻已成绝响，后继无人，我不仅怀念此老，更伤心此老的艺术也随之与世告绝。如果没有这"十年一梦"，在他晚年，必可以有一二传人。

离开扬州，参加镇江市城市规划会议，横渡长江时，镇江诸山，重入眼帘。回首扬州，平山堂亦好，见山楼亦好，"平"的是什么山，"见"的是什么山？那隐隐青山还远远地隔江在望呢！扬州无山，要借景镇江，因此二地相依为命。而镇江本身呢，三山五泉，南郊诸堑，孕育了宋代"米家山水"，流风余韵，远及海外，为中国艺术放出光彩。故镇江之山，世界之宝也。看莽莽南徐，苍苍北园，如此山川，大有"三山镇京口，此地镇长江"之概。山与水是镇江称雄之由，持此以赠，愿祝千秋，葆此风光，永垂后昆，则芜辞之作，且非徒然哉。

1980 年 5 月于镇江河滨饭店

双环城绕水绘园

　　欣逢菊瘦蟹肥的晚秋时节，我踏上了介于江海之间的苏北平原，孤帆一片，从长江口的上海，由水路到达南通，接着转车去如皋。如皋事毕，又游了几个小镇。兴尽归来，记我鸿爪。

　　这次因为如皋县召开城市总体规划会议，住在冒家桥边的宾舍中，使我早晚得游明末冒襄（辟疆）的水绘园，畅谈了董小宛的故事。当我小立冒家桥时，无意中谱了一首《忆江南》小词："如皋好，信步冒家桥。流水几弯萦客梦，楼台隔院似闻箫。往事溯前朝。"凭吊古迹，触景生情的一刹那间，这种感情，近年来越来越多，这也不知为什么。我自己也在想，这恐怕是因为思想解放了，少时读了几句旧书，略知一些地方历史掌故吧。对风景来说，对名胜古迹来说，在旅游时多少丰富了我的情趣。比之那种到此一游，吃喝玩乐，追求一时刺激，可能略为高尚一点。我对于游的认识，总以为要有点游的准备，即文化修养。而地方上对游者也要多少供给一些地方历史及风土的介绍。文化的修养，并不全在课堂教育，自学与旅游，也会带来莫大的益处。读书万卷，行路万里，才能达到"下笔如有神"，所谓"文以好游而益工"。我常常和青年同学们谈学习，我总告诉他们在舟车中，也是很好的大课堂、"活课堂"，窗外窗内，可以见闻到、学习到很多东西。如果专心打桥牌，或终日昏昏，如在摇篮中贪睡，即是最大的损失。老实说，我的很大一部分知识与画本，便是从旅游中得来。读书是学习，社会也是学习，"莫等闲，白了少年头"，这话可说是语重心长。

话离题太远了，该慢慢地言归正传。我游的那个如皋县，是座苏北的古城，城周以水，形近于园，四面有门。外城之中有内城，亦同形，今城废，而两道环河，杨柳夹岸，市桥跨水，却分外幽美宜人，因此，我称它为双环城，这在全国城市中还是少见的。"小城春色"，此语醉人，可惜我来已是晚秋，然丹黄橙红，晚菊老枫，犹是点缀于衰柳颓杨之间；而水边人家，照影清浅，可说是着叶无多饱看难，另有一种依恋人的风姿。

过冒家桥，经冒家巷，或沿内城河，皆可走向水绘园。这园是明末冒辟疆的别业，是我国名园之一。

冒襄，字辟疆，自号巢民，如皋人。生于明万历三十九年（1611年），卒于清康熙三十二年（1693年），享年八十三岁。他幼有俊才，十岁辄能赋诗，负时誉。天启年间（1621—1627年），与桐城方以智、宜兴陈贞慧、商丘侯方域一起反对宦官魏忠贤，当时称"四大公子"。又结复社以反对阮大铖。曾中副贡，授台州推官。后来隐居不仕，在水绘园内读书作文，宾从宴游，极一时之盛，著有《朴巢》《水绘》二集。

董小宛，名白，一字青莲。明天启四年（1624年）生。金陵名妓，后客苏州。小宛天姿巧慧，容貌娟妍，针神曲圣，食谱茶经，莫不精晓，尝集古今闺帏之事，汇为书，名《奁艳》。遇冒辟疆坚欲委身。崇祯十六年（1643年），以负累轸辖，事将决裂，逢礼部尚书钱谦益以三千金偿其逋，致之皋城归冒。清兵南下，时和冒渡江避难，辗转于离乱之间达九年。于顺治八年（1651年）卒，年二十七。冒辟疆为作《影梅庵忆语》，记其感情始末。

冒辟疆与董小宛的史实如上。因为董小宛曾误传为顺治帝的宠妃董鄂妃，说她后来进了宫的一段故事，董小宛之名越来越流入民间，在历史上她与当时的柳如是、顾横波、李香君一样为人乐道。

水绘园的变迁，民国《如皋县志》卷二上说："在城东北隅中禅伏海寺之间，旧为文学冒一贯别业，名水绘园，后司李冒襄栖隐于此，易园为庵，中构妙隐香林、壹默斋、枕烟亭、寒碧堂、洗钵池、小浯溪、鹤屿、小三吾、月鱼基、波烟玉亭、湘中阁、悬雷山房、涩浪坡、镜阁、碧落庐，一时海内巨公知名之士，咸游觞咏啸其中，数传仅存荒址，久属他姓。嘉庆元年（1796年），冒氏族人赎而复之为家祠公业。"解放后，已扩建为人民公园，虽非旧貌，而境界自存，所谓"水绘"二字，尚能当之。而面水楼台，掩映于垂柳败荷之间，倒影之美，足入画本。此一区建筑群之妙，实为海内孤例。水明楼之经营当在新安会馆之时，闻系文园主人汪氏之手。汪，皖人（见余著《园林谈丛》），厅事数迭，缀以临水诸构。以二面东小厅，联南向之旱船，有楼可登，楼下悬挂"水明楼"额。绕以水花墙，其内各自成院，点石栽花，明净雅洁。围而不隔，界而不分。建筑本身虚实之对比，与水中真伪之变化，顿起"笙歌归院落，灯火下楼台"之感，仿佛冒氏盛时，风景依稀。那天正有一位美籍华人专家在，他原籍如皋，与我小谈该园往事，他恋乡之情油然而生，出园时，回首再三。历史遗产其感人者正在此，我深信在他心灵中，当留下一个深刻的故里印象，起无限爱国之思。

苏北园林自成体系，当以扬州为代表，其流风延及附近泰州、如皋等县，并远及淮安、淮阴等处，最盛之时在乾隆之世。《扬州画舫录》所绘庭园，每见楼阁高下，院落重叠者，今几无存。考其园主，类多皖人业盐于此者，此新安会馆一组，与此时期仿佛，亦扬州园林之特征而今幸存者（见余著《园林谈丛》及《扬州园林》）。

陈其年《水绘园记》："水绘之义：绘者，会也。南北东西，皆水绘其中，林峦葩卉，块圠掩映，若绘画然。"此园名之由来。今所见建筑，依池而筑者，琴台、竹房、水明楼，中为新安会馆，西则雨香庵，至于水绘园初时情况，同记："古水绘园在治北，今稍拓而南，延袤几十亩。"今尚能寻者唯西北"画堤，堤广五尺，长三十余丈，行已得水绘庵门"。今堤存，而尺度与所记正同。园门前为通城巷，通城巷与冒家巷连。此一遗迹，宜妥保之。陈其年为陈定生子，略晚于冒辟疆。

游罢水绘园，不禁使我想起了水绘园的后人冒鹤亭老先生，记得二十二岁那年随夏师瞿禅第一次谒先生于上海，初次见到他珍藏的冒辟疆与董小宛的像。今园中所悬挂的二像，是他所藏的复制品。冒先生是学者、诗人，他的儿子孝鲁先生亦工诗，所谓"名门"之后了。我们是忘年交，是朋友，见园怀人，想得就比较多。冒家桥之南有定慧寺北向，殿环楼，而寺之外三面又皆水，此亦佛寺建筑之特例。我称之为"殿环楼，水绕寺"，为如皋又添一景。至于县文庙，今存大殿，建于清顺治间（1644—1661年），用材坚实，结构完整。这些都是如皋历史的证物。

1980 年初冬写

十里槐香过大连

秋阳淡抹在纱窗上，几朵攀藤的小花闪耀得更加鲜丽。户外的一行疏柳，随着晴空白云摇曳着，书斋是那么的恬静，我想起了李白"却下水晶帘，玲珑望秋月"的诗句。景虽异而情感却有些仿佛，它勾起了我上月（1980年8月）旅大之行的回忆。这十天的小游，在我的脑海中当然是值得留恋的，那使人难以忘怀的诗情画意，更叫我憧憬着来日的重游。

一个久居江南的人，易地初临的话，他接触到的一切，要比当地人来得敏感，"乐在新知"，我"初恋"上了这个北国的风景城市。

当我从北京经过二十小时的旅程（如果从上海乘轮船，极便），向晚才到大连，在漫长的槐荫十里山径中，依稀望见了阑珊灯火，这就是棒棰岛宾舍。到山间皎月初升，海上空明，一天一夜的劳顿，为之消失，烦虑为之一洗。因为去大连之前，在北京参加圆明园修复会议，有整整两天徘徊于圆明园废墟的断井颓垣中，精神是不够愉快的，对此已废名园，感慨万千，一言难尽，思想很是复杂。第二天清晨，我漫步于山间，信口成了一首小词《大连好——调寄忆江南》："大连好，浅画自成图。一径绿荫通夹道，万山深处出平湖。初日步徐徐。"

"秋风蓟北，春雨江南。"本是两幅不同性格的画面，人们往往因为古人的名句，形成了一些固定的看法。当然江南的明秀，从来已有公论，这中间少不了是因为有山有水，草木华滋，可是北方的风景，一旦具备了这些条件，也会"北人南相"，妩媚得更加动人。我漫步过山崖水际，车行过密林深湾。城市山林，是值得依恋的，从大连到旅顺的半小时多的车行中，又动了我的"雅兴"，凑了几句歪诗："丹青如我真拙笔，换影移形手下难；水有湾环山有态，谁云北国逊江南。""这山更比那山高，步步山行去路遥；沧海俯观舟一叶，红旗水上舞飘飘。"山围辽海，水映山城，这是旅大市^①的山川地理之美，北国江南，不愧为海上的明珠。

旧城改建，旅大市在这方面是比较慎重的，很少"见缝插针"不分区的零乱建筑，比标榜"充分利用"而实际破坏城市风格的瞎指挥要高明得多。从平地到山冈，基本上还是有节奏、有变化的。我更爱居住区中的溪流柳岸，使人有亲切之感，鸟倦飞而知还，我亦宾至如归

---

① 今辽宁大连。——编者注

了。过去杭州的浣纱溪，苏州、无锡、绍兴等的市河，如今都引起我含泪的追思，这些城市正如人一样患着"心肌梗塞"症。想不到在这里，重温了我江南水乡的旧梦。我在这次旅大市的总体规划会议上，提出了"靠山吃山，靠水吃水，因地制宜，因势利导"的几点看法，凡是违背自然规律去办事，总是行不通的。当年明太祖朱元璋填了燕雀湖造南京的宫殿，到了他晚年，宫殿基础下沉了，他自悔早年蛮干的不是。历史是无情的，前人的教训，我们再也不能重蹈覆辙了！

旅大市绿化有成绩，路上槐荫夹道，初夏时万树槐花，如缀玉钿，香飘十里，可惜我来已是初秋，没有享受到这清福。这种利用土生土长的树种作为绿化基调，再配以北国习见的松柏杨柳，取得成就较易，效果亦显著。这比那种不论地域而户户法桐，处处雪松，似乎科学一些。天下事不能强求一律，更不能不究当地的风土人情。盲目地搬用抄袭，是没出息的行为。旅大这地方因为蓝天白云，翠盖弥天，其配置花木亦多姹紫嫣红，是那么的雍容大方，正如一个盛装美人。临山望海，信步闲吟，确是个旅游的好地方。不过今后在填海、开山这两个问题上，千万刀下留情，大自然一经破坏，是无法再造的。我在虎滩公园啜茗，望海湾曲折，群峰叠翠，几处楼台，可以留客，可是再细顾一下，山在开，湾在围，不闻啼鸟声，但听叮当响，左邻的造船厂奏起了迎客之曲。它与镇江北固山的造船厂一样，真是"海内存知己"了。我不禁为大好风景之遭到破坏、污染而黯然。

旅大海味的确鲜美，我有此口福享受了一次，可惜调味似乎欠缺一点，我再次下箸之时，不禁想起：它不正与风景一样吗？天赋之美，有赖于人工之助，如果没有高度的艺术处理，也是枉然。我曾在上海一处名宾馆吃鲥鱼，居然是红烧加辣，引得一位美籍华裔哈哈大笑，这是哪位掌灶的师傅抄袭四川手法，不察物性、物理所造成的。

我正写到此，门铃响了，是邮人送来了北京郁风同志的信，打开一看，说是"今天在医院里偶然读了《烟花过了上扬州》，勾起了我忆及类似的一些境界。我也常愿独自旅游，不但为了画画，而且只有没有伴时才更能和山石树木流水接近，浑然一体，达夫叔的《屐痕处处》也大都是独自出门徜徉于浙江山水间而写成的。因此也想到您的富阳行过达夫故居的情景"。想不到我们一些年龄相若的半老人，都有着这种思绪，我的思想久久难平。归程回首，人之常情，我体会到"别"的滋味，我轻轻地挥手，握别了这辽海的云彩。

1980 年 9 月于上海

上海塔琐谈

　　宝塔是我国的佛教建筑，千余年来，在广大辽阔的国土上，耸立着古代劳动人民各个时期精心建造的作品。这些建筑，在悠久的岁月里，点缀在城市、山林、原野、水乡中，与广大人民结下了深厚的情谊。

　　上海有十一座古塔，分布在市区及附近各县。它们在不同的地理环境中，构成了各县风光的画面，勾勒了城镇乡村的面貌，吸引了无数的游客，丰富了诗人和画家的题材。尤其是解放后，上海到处是新的建筑，这十一座古塔，未始不是旧城新貌的最好标志。

　　上海现存的塔，基本上都是楼阁式的木檐砖塔。以时间而论，最古老的当推龙华塔，建于977年，宋太平兴国二年；最年轻的是青浦的万寿塔，建于1743年，清乾隆八年。龙华是风景区，每当桃花盛开，庙会举行的时候，人人都想一登此塔为快。它耸立在黄浦江边，龙华镇旁。人们如果有机会登临的话，那么澄江如练，古刹（龙华寺）俨然，稍远的龙华公园，又是绚烂若锦，再远眺则崇楼广宇，平畴千里，江山如画。

江南楼阁式的木檐砖塔，充满着"建筑美"。久居江南的人看来，固然依依可爱；初到江南的人看来，更感到清新玲珑，柔和宜人。它点出了明洁秀阔的江南景色，龙华塔便是最好的一例。1954年，龙华塔经过了彻底的复原修理，我参与了其事。那匀整的轮廓线，挺秀的曲折阑干，七层"如翼斯飞"的翼角，衬托了橙黄的塔身，使人感到气象万千。

松江有两座塔，一座是建于北宋熙宁、元祐（1068—1094年）前后的兴圣教寺塔，俗称方塔（1974年重修，我亦参与其事），矗立在城中。其旁有明洪武二年（1369年）的大砖刻，是一件国内不可多得的最大的砖刻艺术。城外的西林塔，八角七层，紧邻市河，塔下有塔射园，便是"借景"该塔的。人们缓缓地走过横跨的市桥，悠然望见人家临水，背负古塔，而尖拱的秀野桥，静卧波上，真是一幅水乡妙境。

松江附近还可望见两塔，其一是远处天马山的护珠塔（建于1079年，宋元丰二年），它的木檐虽已不存，但砖身屹立，宛如老衲，不禁令人回忆起当年西湖南屏山的雷峰塔来。另一是较近黄浦江上游，李塔汇镇 ① 的李塔，

---

① 现并为石湖荡镇。——编者注

七层方形，建造时间亦属宋代。这二塔，一在山上，一在水际，与兴圣教寺塔、西林塔互相呼应。佘山是上海的风景，近百年来因为建造天主教堂，将林木蔚然，古刹、名园俱全的佘山弄得面目全非。这样美丽的地方，我们祖先的遗物，仅剩下一座在半山的秀道者塔了。这塔为北宋初一个名叫聪道人的所建造。八棱七层，并不高大，却当得起一个"秀"字。它的修长的砖身，说得具体一点的话，有如当年西湖保俶塔一样的风姿。《松江府志》："普照寺本佘山东庵，太平兴国三年（978年）聪道人开山，治平二年（1065年）赐额，有道人塔，有月轩，旁有虎树亭，道人在山时，有二虎随侍，道人死，虎亦死，瘗塔旁。"此塔以此又名虎塔。余曾于塔基下捡得宋"重唇滴水"，图案甚美。

青浦的青龙镇，是唐宋间对海外贸易的港口，素有"三亭七塔十三寺"之称，如今保存了宋庆历年间（1041—1048年）重建的古云禅寺塔，又称青龙塔。它八角七层，形制古朴，保留着宋塔形式。青浦城南的万寿塔，高七层，建于清代。它的位置三面环水，是入城时水陆交通必经之处，不知已迎送了多少行人。

嘉定的法华塔，建于南宋开禧年间（1205—1207

年），比嘉定设县还要早十年，它四角七层，屹立城中，可说是嘉定的最老纪念物。

南翔镇云翔寺前双塔，七层八角，殊低小，传为五代时物。松隐元塔，四角七层。以上诸塔，今尚屹立，虽历经数百年乃至千年，足证古代砖结构之坚固持久也。

沪郊古塔话龙华

龙华在上海的西南郊。提起它的话，大家都记得两件事——桃花、古塔。这些自古到今不知吸引过多少游客、诗人、画家，产生了无数的题咏与画图。唐代皮日休的诗道："今市犹存古刹名，草桥霜滑有人行。尚嫌残月清光少，不见波心塔影横。"南宋陆放翁更有"乘月上浮屠，还见群峰影。金焦是耶非，一点渔灯冷"。都令人向往着当时的境界。

这塔据志书记载是开始建于吴孙权（大帝）赤乌十年（247年），到唐代李儇（僖宗）广明元年（880年）塔毁，迨宋初太平兴国二年（977年）吴越钱弘俶（忠懿王）时又重建，到南宋赵构（高宗）绍兴十七年丁卯（1147年）赐鼎新宝塔殿宇。而我们从当时其他的塔与该时期的经济文化来看，并证以该塔之结构特征，应是重建于太平兴国二年。不过到明朱由检（思宗）崇祯庚午（1630年）大源禅师叩疏修葺。在证明这次修理塔"刹"时又发现明朱祐樘（孝宗）弘治十五年（1502年）、朱厚熜（世宗）嘉靖十五年（1536年）及清玄烨（圣祖）康熙四十一年

（1702年）重修等字样，可见明代的修理次数甚多，部分亦较广。我们从塔的部分手法及底层壁面开洞置石踏跺木梯直至二层不合理的办法，便可见到。在清末载湉（德宗）光绪十八年（1892年），塔底层被火烧毁，于是又重新修理。在较早期的龙华塔照片，就是这个样子。民国后又在外部加以修理，弄得一个美丽的宋塔披上了一件不伦不类的外衣。这次的修理主要是在加固外，并且尽量地恢复其原有宋塔面目。

这塔从太平兴国二年算起，到今年已有九百七十八岁的高寿了。塔的砖身犹是当年遗物。塔平面作八边形，计高32.3米。加顶部刹杆合计40.4米。如此一个七层高的建筑物，充分地说明了我国古代劳动人民的智慧。毛主席说："清理古代文化的发展过程，剔除其封建性的糟粕，吸收其民主性的精华，是发展民族新文化、提高民族自信心的必要条件。"因此，在保存古文物建筑与发扬民族形式建筑的今天，政府修理这古塔是含有深刻的意义的。

这塔在结构方面，很有足述的地方。先从基础来看吧。在塔边原有的方砖地面下一百七十厘米深的砖砌基础，每边比塔身大七十厘米，下面再有五层"菱角牙子"砖，厚度计四十六厘米，这许多砖砌的基础，是置于厚十三厘米的一层垫木上，垫木下则是木桩（我们只能量到一面，计十四厘米），桩与桩间满铺石子三合土。这种办法说明我们祖先知道上海的土质松，建造高层建筑的土壤荷重量太大，恐怕引起不平均的沉陷，于是应用了这个办法，实在是极聪明的事。今日我们有了土壤力学、材料力学等的科学知识，对基础问题，有时尚感到无法处理，可是我们的祖先在八百多年前已做出了这样发明。其次，这塔是八边形，从第二层开始，内部就改为四边形的方室，它的方向，每层依此调换四十五度角，因此各层门的位置亦跟着变化，并使壁体重量的分布较为平均，在设计时亦是煞费思考。

我们从龙华塔俯视龙华寺，可以看出中国建筑的平面特征。它是以一条自南往北的中轴线为主，左右对称地安排了次要的建筑物，形成均衡对称的布局，在中轴线上有山门、天王殿、正殿、三圣殿与法堂。天王殿的左右两侧是钟鼓楼，正殿、三圣殿与法堂的左右两侧配上了其他的许多，如东西配殿、客堂与方丈室等。而中轴线上的最高顶是正殿，这些建筑物配上了各种不同的屋顶，一列都是南方式的做法，因此整个建筑物的权衡比较高峻，而"翼角起翘"又甚挺健，于是更觉玲珑可爱。每一个乘沪杭线列车的旅客，遥远地望见这寺与塔所组织的建筑群，便知道已经到了上海。从高层建筑上鸟瞰建筑群，最能体会到设计时对总体布置的匠心。左眺龙华公园，千红万紫，隐约亭阁，环绕着曲折流水，点缀在江南绿野之中，而黄浦江漕河泾绕塔底而过，片片风帆，出没于旷空有无之间，其景物又非笔墨所能形容的；邻近还有冠生园农场、黄家花园、曹氏墓园、康健园等，都是上海人熟悉的郊游地方。这塔修理完工后，它的壁面是蛋壳色。"倚柱"是土红，如果浸在朝霞与夕阳中，或衬托在蔚蓝的晴空与朵朵的白云中，再环绕了鲜绿的江南农乡，微风过塔，"铁马"锵然作声，那更是画意诗情。人们在这样的环境中，一定会产生出很多的画题与诗材。到此，充分地说明了中国建筑在色彩上的运用，说明它是一个有整体性的艺术作品。

1955 年 1 月 23 日

谈西湖雷峰塔的重建

西湖雷峰塔倾圮已五十六年了，解放后新中国也已进入三十而立的时代，我们建筑界也呼吁了多少次，想将它重建起来，恢复一个西湖风景点，可是何姗姗其来迟，因为过去就事论事，重建充分理由不够。前年我发表了"雷峰塔圮后，南山之景全虚"（1979年《同济大学学报》自然科学版，《续说园》）的这个论点后，似乎开始打动了主其事者的心。因为如今北山一带游人太多，南山有一风景点，起了"引景"作用，自然游人也随之而分散了，对西湖游客集散上是有好处，也够说得上"古为今用"吧！

雷峰塔是1924年9月25日（农历八月二十七日）下午一时四十分许倒的。正值军阀孙传芳占浙，专车到城站之时。那时我七岁，秋深庭院，御夹衣，忽闻轰然一声，亦不知何事。父亲正患重病，这天下午得知塔倒的消息，他为我们说了有关塔及孙传芳的一些琐琐之事。次年便与塔一样辞世了。塔倒之时，俞平伯、许宝驯夫妇寓孤山俞楼，宝驯老人当年还正年少，凭阑远眺，亲见塔倒下来，她说前数天塔上宿鸟惊飞，待轰然一声后，见黑烟升起，于是杭人群拥塔下捡砖觅宝。八十六岁老人，至今尚与我娓娓谈及此事。鲁迅在10月28日写了一篇《论雷峰塔的倒掉》，距塔之毁才一月时间，这是大家比较熟悉的。

西湖雷峰塔，在西湖之南屏山，旧有郡人雷氏筑庵居之，因名。五代末（宋初）吴越王钱俶建，钱自为记，称黄妃塔。俞平伯先生谓："雷峰非塔本名，黄妃复多讹疑（俞氏谓应称王妃塔），然此两名却为人所习知。至西关砖塔实为其最初名号，乃向不见记载，若非塔圮，吾辈安得知哉。"这是根据塔藏宝箧印经卷首署"西关砖塔"

［南宋］李嵩《西湖图》中的雷峰塔

字而言，因此又称西关塔。明郎瑛《七修类稿》"吴越西关门在雷峰塔下"，更可证。雷峰塔的本来形式，是一座砖身木檐的楼阁式塔，这是江南宋塔的习见形式，其与附近的六和塔，本来形式一样，后来外檐坏掉了，清代的和尚在外加了一个木衣，遂成今状。从前梁思成教授曾做过六和塔的复原图，亦是楼阁式的。我对雷峰塔与梁先生复原六和塔抱同样的见解（六和塔现在非彻底重修，则保持今状），造一座楼阁式的木檐砖塔，即使改用新材料，亦必须仿最初原样。

上海博物馆藏南宋李嵩绘《西湖图》卷，明明画出雷峰塔的原貌，同我们今日所建议的楼阁式塔没有两样。《湖山便览》说："塔旧有重檐飞栋，窗户洞达，后毁于火，惟孤标岿然独存。"明张岱《西湖梦寻》："元末失火，仅存塔心，雷峰夕照，遂为西湖十景之一。"都说明了后来的那个黄赤色的雷峰塔，是火烧后的残存者，是个破古董。因为乡人迷信，说携归塔砖对养育丝蚕可以旺盛，日久基空，终于全毁。

5月间我到西湖，浙江建委及杭州文化、园林两局都与我谈及重建雷峰塔事。我在园林管理局亦看到了一个破破烂烂的雷峰塔模型，有人要造这样的残破雷峰塔，说这是"老样子"。我亦"十分同情"这种看法，假如说

［南宋］李嵩《西湖图》

今天雷峰塔未圮，整旧如旧，我是赞成维持现状，这是符合文物政策的。但问题是现在已经荡然无存。我们重建有两重意义，第一恢复名胜，第二开辟游览点，并不是保存古迹，因为古迹一点也不存在了。雷峰塔本来是一个五代塔，不然，何必重建呢？重建，就要依其原貌，这似乎并不会令人费解。万一来了个以新做旧、似破非破的一个火红大水泥柱或砖柱，不但设计无法，且真啼笑皆非。我看除非请做假古董的先生来代劳，我们搞古

建筑的同行，恐无人能担当此盛事，为后世人所非议。苏州虎丘塔的塔顶，就是想做假古董，那个白白的水泥顶，加上几张如张乐平先生笔下"三毛"头发似的碎瓦，那才是"今古奇观"呢。何以名之？曰"泥古"，泥古就是不化。我希望在处理这名闻中外的"雷峰夕照"一景时，对这塔的重建要慎重考虑研究啊！我想"还我真相"大约是理所应当的吧！

1980 年 6 月

水乡的桥

　　提起"江南水乡"，不由使人想到"户藏烟浦，家具画船"一些水乡景色，每当杏花春雨，秋水落霞，更令人依恋难忘了。这明秀柔美的江南风光，是与形式丰富多变的水上桥梁所分不开的。它点缀了移步换影的景色，刻画了水乡的特征，同时又解决了交通问题。我们的祖先是如何地从功能与艺术两方面来处理了复杂的水乡交通，美化了村镇城市的面貌。

　　在水道纵横、平畴无际的苏南、浙北地带，桥每每五步一登、十步一跨，触目皆是。在绿满江南的乡村中，一桥如带，水光山色，片帆轻橹，相映成趣。但在城镇中，桥又是织成水乡城镇的重要组成部分之一。每当舟临其境，必有市桥相迎，人经桥下，常于有意无意之中，望见古塔钟楼与夹岸水阁人家，次第照眼了。数篙之后，又忽开朗，渐入柳暗花明的境界。

　　这些水乡的桥，因为处于水网地带，在建造时都是运用了"因地制宜"与"就地取材"的原则，在结构与外观上往往亦随之而异，例如在涓涓的水流上，仅需渡

［明］沈周《两江名胜图册》中的桥

人，便点一二块"步石"，或置略高出水面的板梁，小桥枕水，萦回村居。在一般的河流上，大多架梁式桥或拱桥；因河流的广狭及行船的多寡，又有一间（拱）、三间（拱）乃至五间（拱）的。上海青浦的放生桥，横跨漕港，是上海地区最大的石拱桥。江南水乡，河流纵横多支，为了适应这种情况，往往数桥相望，相互"借景"成趣；亦有在桥的平面上加以变化来解决这个矛盾，浙江绍兴宋宝祐四年（1256年）建的八字桥，因为跨于三条河流的汇合处，根据实际需要，在平面与形式上有似"八"字。为便利行船背纤用的"挽道桥"，多数是较长的，像苏州的宝带桥建于明正统七年至十一年（1442—1446年），为联拱石桥。计孔五十三，其中最高三孔以通巨舟。这类长桥中著名的还有吴江的垂虹桥（建于元泰定三年，1326年），而于绍兴尤为常见，长桥卧波，若长虹，似宝带，波光桥影，为水乡的绮丽更为增色。

桥的形式以拱桥变化最多，有弧拱、圆拱、半圆拱、尖拱、五边形拱、多边形拱等。青浦普济桥为宋咸淳元年（1265年）建造，迄今已快七百年了，古朴低平，其拱券结构，不失为我国桥梁发展中的重要物证。绍兴广宁桥为多边形拱桥，重建于明万历二年（1574年），雄伟坚挺，桥心正对大善寺塔，为极好的水上"对景"。在建筑材料方面，不论梁式桥与拱桥，皆以石料为主，不过亦有少数砖木混合结构与木结构的。砖木混合结构桥，去冬在青浦发现一座元代桥梁，名为迎祥桥，可称是比较有代表性的，它巧妙地运用了石柱木梁及砖桥面，秀劲简洁，宛如近代桥梁。除了桥的本身外，尚有用附属建筑来丰富美化它，苏州横塘古渡的亭桥便是平添一景。宝带桥桥边，还置小塔、石狮，桥堍又建石亭，使修直的桥身起了轻匀的节奏。

　　水乡的桥是那么丰富多彩，经过了漫长岁月的考验，到现在还发挥其作用。不论在艺术的造型上，风景的点缀上，都具有鲜明的民族风格，这是我国古代劳动人民的智慧与力量的结晶。如今，我国桥梁工作者正从这些宝贵的遗产中，推陈出新，创造着不少既有民族传统，又适合今日功能的新型桥梁。

1961 年写

绍兴秋瑾的老家

"一种春情忘不得，长安放学夜归时。"五十多年前，童年的回忆，不意在这初冬的一次绍游中，油然而生了，往事历历，又迫眼前。逝水年华，随着岁月的流转，若隐若现，有时在某种触动时，忽然显现了出来。童年是梦中的真，是真中的梦，是难忘的。

小时候，每当放学回家，母亲总喜欢讲些故事之类的东西给我听。她不止一次地说秋瑾烈士的身世。我家本越人①，当然绍兴老家的传说更来得多，何况母亲又与她同岁（1875年生，肖猪），提到时总说今年该几岁了，说她死得惨，在我童年的脑海中留下了不可磨灭的印象。后来在中学校念书，正值《东南日报》连续刊秋瑾烈士的弟弟秋宗章先生写的烈士家传《六六私乘》（秋瑾烈士殉难于阴历六月六日），那是每日必读之课，进而读了她的遗集，使我详细了解了秋瑾烈士的一生。每当秋雨潇潇的天气，不免要吟起那"秋风秋雨愁煞人"的名句，

---

① 今浙江东部一带的人。——编者注

觉得它比李清照所写"帘卷西风，人比黄花瘦"更加惨切感人。

去秋到绍兴住在秋瑾故居附近，经常要景仰那个地方。余晖西沉，缓步回旅所，心中总勾起无限的思绪。这次到绍兴，正碰上电影制片厂在拍摄秋瑾烈士的故事片，原来住过的招待所为演员们住满了。我就栖身于轩亭口旁的一家旅馆中，每天三餐在外"打游击"，一天要经过三次秋瑾烈士的殉难地——轩亭口。这里建有纪念亭，我面对着这座被凿去了蔡元培先生所撰碑记的"赤膊亭"，总是慢慢举步，回首再三，黯然者久之。轩亭口直对的那条路，正是通到绍兴府衙门的大道，当时秋瑾烈士就是从绍兴府受审后，被绑到轩亭口就义的。鲁迅先生所写的小说《药》就是以此为主题。我曾在这条路上来往了几趟，我想象当年她最后经过的那个光景，再去了她从事革命活动的大通学堂看了残迹。从过去知道的史料，参证了今日所见的史迹。先哲往矣，遗教犹存，使我更加加深理解到，历史文物所起的教育作用，真是无可估量，我们绝不可等闲视之。

大家都知道绍兴城内塔山下的和畅堂是秋瑾故居，然而她真正的老家却在漓渚的峡山村上。我游罢兰亭（其实是为了部署曲水修复事而去，一带两便）徒步前往该村。峡山这地名的由来，可能因为这村位于两山之间，所以风景很好，霜叶如醉，翠竹满山，清流急湍，随步前行。到村上，三步一桥，五步一湾，数声柔橹，宛同轻奏，不愧是一座富有诗情画意的山水结合的村居。这村还保存了原来风貌，除了秋瑾老宅地的建筑外，尚有明代何姓尚书第、都督府各一处。传说这里出过四个尚书和一个都督，因此沿河有严整的石驳岸，宽畅的码头。村旁正在修建一座小学。当我们参观时，那个小学负责人扬言要拆去都督府的明代厅，用材料来造教室。惊闻之下，觉得一个有文化的教育工作者，连这点起码的文物知识也没有，着实令人不解。尚书府今留厅屋，三明四暗的七间大厅，三开间的后厅以及边屋等；大厅、内厅乃是明代中叶建筑。都督府的那座五开间的大厅系晚明建筑，材料极工整，很有代表性。门前的回舟码头，在今日绍兴亦少见了。从都督府西望，村的尽头临河有二层门楼一座，粉墙棂窗，倒影非常清澈。沿着河岸进入门楼，南向入门有一甬道，东西相向对开墙门，浙中呼为"和合墙门"。其内南向皆有厅事。再向北行，朝东有一门，门内就是秋瑾老宅，正对有平屋三间，天井旁通月门，月门内南向亦平屋三间带厢，那是正房了，西首一间就是秋瑾烈士曾居住过的。月门下有山茶老干一本，阅世百年了，秋瑾烈士当年曾在这山茶花下休憩小坐。后来秋瑾烈士的庶母生前住在这里，她们年龄相若，庶母一直活到解放后。再后来这屋子易了姓，逐渐成为大杂院，山茶也砍去了一大枝，树犹如此，人何以堪。面对着这个残败的小院，不觉使我发出了极大的呼吁声，围观的群众也为我所感动。当然保护与维修之力，有待于主管文物部门之重视啊！

我在悄悄地离开这里时，一路在想，绍兴的秋瑾故居开放了。这里是她的老家，亦应留作纪念，尤其这一座具有强烈特色的水乡村居，景物宜人，又有文物古建，有条件作为游览之区，因为距兰亭近，可以游了兰亭时再来这个新辟的风景点，是一举两得之事，那又有何不可呢？我不希望以文物与风景区为主的"无烟工厂"，被有烟工厂所毁灭，要从"文化"二字上用功夫。在搞四个现代化的同时，文化的保存亦是现代化中不可缺少的重要项目，想来大家必定同意这个看法。

1980 年冬

衍芬草堂藏书楼

　　清代浙江海宁藏书，自吴骞（兔床）、陈鳣（仲鱼）之后，当推蒋光煦（生沐）之别下斋与蒋光焴（寅昉）之衍芬草堂。蒋氏于乾隆中叶自海盐吴叙桥左近蒋家村迁硖石镇，以典业起家。别下斋建筑及藏书、藏画毁于太平天国革命战争。衍芬草堂为其左邻，今尚在。其地名通津桥，即今之南大街也。解放后衍芬草堂藏书由蒋氏捐赠北京图书馆。

　　蒋氏自蒋云凤迁硖石后，子分四支，聚族分居于通津桥之东南。光煦为二房后，光焴为四房后。别下、衍芬两处建筑，其始建时代当在乾隆末叶，为苏南厅堂式，后临河皆建有暖桥。衍芬草堂建筑原为典当基，故高垣铁门，甚为坚固。建筑以地域而论，海宁州治近杭州，建筑形式与细部手法已是浙中风格，而硖石地近嘉兴，其做法犹染太湖流域之苏南形式，较高级精细之建筑皆延聘吴县[①]香山匠师，此屋应属是类。所用石料大部

---

① 今江苏苏州。——编者注

分为乾隆间（1736—1795年）苏州金山所产。此端为论浙西建筑所应及之者。衍芬草堂藏书楼在今蒋宅内，大门西向，为金山石制石库门，入内门屋一间，迎面为账房，越天井入门，南向厢楼三间，其后平屋一间。再进有南向平屋两间，旧为舂米之所。墙外为河，上有暖桥通吴家廊下。别下斋自焚后，其后裔居于此，悬补书新额。自大门内左转为大厅三间，施翻轩带北厢，正中有石库门可直通街道（门外有市屋，平时不通，遇有丧喜之事方开启），厅焚于光绪十年甲申（1884年），即重建。是年曾检书一次，殆因被火致藏书有所纷乱，其检书印，印文为"蒋光煦命子望曾检书记"可证。悬高心夔楷书"宝彝堂"额，上款为寅昉。高字伯足，号陶堂，又号碧湄，江西湖口人，清咸丰庚申（1860年）进士，著《高陶堂遗集》，两署江苏吴县知县，与浙中藏书家颇多往还。曾为杭州八千卷楼丁丙（松生）作《丁征君书库抱残图记》。光煦晚年客寓苏州，所交友甚多，此额当书于同时。后进为楼厅，施翻轩带两廊，厅划分三间，中置槅扇（落地长窗），左右间前后装支摘窗（和合窗），一如苏南住宅常式。厅中悬衍芬草堂隶书额，李超孙（奉墭、引树）书，上款为淳村。淳村名开基，子星纬娶李之次女。光煦之祖也。衍芬草堂藏书始于蒋开基，大集于孙光煦，故藏书印称三世。楼层为藏书处，宋元旧椠贮于此楼。按蒋光煦与蒋光焴为从兄弟，其盛时，版本学家钱泰吉（警石）、邵懿辰（位西）、高均儒（伯平），画家费丹旭（晓楼）、翁雒（小海），金石家张廷济（叔未）等皆客其家。钱著《甘泉乡人稿》《曝书杂记》，皆究版本之作。光煦辑《别下斋丛书》《涉闻梓旧》及《别下斋书画录》；著《东湖丛记》，李慈铭评为："……而佚书秘椠，有裨学问为多，较之《爱日精庐藏书志》《拜经楼藏书题跋记》，盖在吴前张后，伯仲之间。其中颇载宋本序跋及今本之脱失者……"别下斋所藏毁于太平天国革命战争中，光煦因此呕血而亡。衍芬草堂所藏，始渡江至绍，由宁波航海至沪，后溯江而西，至汉口，再移武昌，得无恙，并刻《蓬莱阁诗录》。张裕钊（廉卿）作《东归序》为赠。据蒋光焴咸丰四年（1854年）十二月，跋宋版小字本《晋书》："箧中金尽，买书不辍，犹得展玩于患难之中，倘亦古人之所许也。"可证其搜购之勤。书目为其孙钦頊（谨斿）编，述彭（铿又）补成，即世传衍芬草堂书目（未刊）。藏书印印文"臣光焴印"（白文）、"寅昉"（朱文）、"盐官蒋氏衍芬草堂三世藏书印"（朱文）、"光绪甲申海宁蒋光焴命子望曾检书记"（白文），尚有"蒋光焴印"（白文）、"光焴"（穿带印）、"壮夫小学"皆见于其所书文件上。

蒋宅因位于硖石镇大街，后临河，其房屋朝向面西，为减少夏季日照，故天井皆为横长形，其旁之厢易以两廊。按浙中及皖南建筑，即南向建筑，其正屋两侧亦多建东西边屋或东西楼，其处理方法，即正屋之旁用狭长天井，迎面为正屋两侧山墙，既遮日照又利通风。至于高级住宅东西厢之前用短垣，有时上开瓦花墙，亦同一用意。城倚巨流，镇傍次流，村靠支流，则为过去不变之水乡城镇规划原理。衍芬草堂后进为颐志居，再进为思孔室，其形制面阔皆与前者相同。最后为北苑夏山楼，周寿昌书额。旧藏董源《夏山图》于此（今图藏上海博物馆）。避弄为通两侧诸厅之过道，东首最前为五砚斋，三间南向，悬张廷济隶书额。所藏五砚，冠以宋代梵隆写经砚，殿明代老莲（陈洪绶）香光主者砚（俗称画梅砚，今藏上海博物馆）。此屋原为书斋，蒋光煦父星华时所建。此斋与其后进思不群斋一墙相隔，中不开门，须由避弄出入。思不群斋为楼厅三间，施翻轩。挂落、梁柱用材遒劲，砍杀工整，细部精致，当时迎客之花厅。厅前玉兰、海棠各一，扶苏接叶，花时绚烂照人。额为行书，出钱尔琳（特斋）笔，钱道光元年（1821年）秀水恩贡生，为钱泰吉族孙。泰吉则又为其学生也。今检藏书题跋，每每提及光煦与邵懿辰、钱泰吉等同会于五砚斋及思不群斋评书品画。且邵氏于咸丰十年（1860年）三月避地硖石，即举家居于思不群斋，而当时为迎宾之所也。楼上为藏书之用，蒋氏之书原皆藏于衍芬草堂楼上，其后分作三份，宋元旧本仍藏于原楼，明本、抄本及善本藏思不群斋楼上。普通本藏本镇西关厢家祠书楼。该书楼三间，上层作藏书之用。

思不群斋后一进，建筑稍晚，称双峰石室，亦面阔三间之楼厅，形式相同，唯北厢南廊，而廊上又作楼层，与前者略异，砖刻门楼（台门）极精，额为"清芬世守"，所镌人物台阁计分三层，为其他诸厅者所不及。是进后有楼三间东向，两旁为柴灶间。越门最后有天井一，旁为厕所，末则通河埠矣。此路之东尚有一避弄，其外则为街道。此建筑之大略也。海盐澉浦蒋氏墓庐，名西涧草堂，陈铣（莲汀）书额。门首有联"万苍山接北湖北，亦秀峰临西涧西"。是处所藏原为光焴祖所遗者，版本较次。载书西行，此处之书未及，略失十之三四，后仍携之西行。朱嘉玉（子信）有《西涧草堂书目》，蒋佐尧有《丙申书目》记。蒋光焴所著有《敬斋杂著》四卷，《诗小说》一卷。所刻有《诗集传音释》、《孟子要略》、《段氏说文解字注》、《葬书五种》、《涧溪医案》、徐批《外科正宗》、嘉兴钱仪吉《记事续稿》、元和陈克家《蓬莱阁诗录》等书。元罗中行《诗集传音释》，则以明正统本及胡氏一桂《诗传纂疏》、朱氏公迁《诗经疏义》、许氏谦《诗名物钞》为主，参之史氏荣《风雅遗音》，而益以他笺，校其异同，尤称为明以来最善之本云。俞樾（曲园）挽蒋光焴联云："万卷抱丛残，当时三阁求书，曾向劫灰搜坠简；卅年嗟契阔，他日一碑表墓，自惭先友列微名。"推崇可见。

1973 年春时客同济大学村楼

说园（三）

　　余既为《说园》《续说园》，然情之所钟，终难自已，晴窗展纸，再抒鄙见，芜驳之辞，存商求正，以《说园（三）》名之。

　　晋陶潜（渊明）《桃花源记》："中无杂树，芳草鲜美。"此亦风景区花树栽植之卓见，匠心独具。与"采菊东篱下，悠然见南山"句，同为千古绝唱。前者说明桃花宜群植远观，绿茵衬繁花，其景自出；而后者暗示"借景"。虽不言造园，而理自存。

　　看山如玩册页，游山如展手卷，一在景之突出，一在景之连续。所谓静动不同，情趣因异，要之必有我存在，所谓"我见青山多妩媚，料青山见我应如是"。何以得之？有赖于题咏，故画不加题显俗，景无摩崖（或匾对）难明，文与艺未能分割也。"云无心以出岫，鸟倦飞而知还。"景之外兼及动态声响。余小游扬州瘦西湖，舍舟登岸，止于小金山月观。信动观以赏月，赖静观以小休，兰香竹影，鸟语桨声，而一抹夕阳斜照窗棂，香、影、光、声相交织，静中见动，动中寓静，极辩证之理于造园览景之中。

园林造景，有有意得之者，亦有无意得之者，尤以私家小园，地甚局促，往往于无可奈何之处，而以无可奈何之笔化险为夷，终挽全局。苏州留园之"华步小筑"一角，用砖砌地穴门洞，分隔成狭长小径，得"庭院深深深几许"之趣。

今不能证古，洋不能证中，古今中外自成体系，绝不容借尸还魂。不明当时建筑之功能与设计者之主导思想，以今人之见强与古人相合，谬矣。试观苏州网师园之东墙下，备仆从出入留此便道，如住宅之设"避弄"。与其对面之径山游廊，具极明显之对比，所谓"径莫便于捷，而又莫妙于迂"可证。因此，评园必究园史，更须熟悉当时之生活，方言之成理。园有一定之观赏路线，正如文章之有起承转合，手卷之有引首、卷本、拖尾，有其不可颠倒之整体性。今苏州拙政园入口处为东部边门，网师园入口处为北部后门，大悖常理。记得《义山杂纂》列人间煞风景事有："花间喝道，看花泪下，苔上铺席，斫却垂杨，花下晒裈，游春重载，石笋系马，月下把火，妓筵说俗事，果园种菜，背山起楼，花架下养鸡鸭。"今余为之增补一条曰："开后门以延游客。"质诸园林管理者以为如何？至于苏州以沧浪亭、狮子林、拙政园、留园号称"宋元明清四大名园"。留园与拙政园同建于明而同重修于清者，何分列于两代，此又令人不解者。余谓以静观者为主之网师园，动观为主之拙政园，苍古之沧浪亭，华瞻之留园，合称苏州四大名园，则予游者以易领会园林特征也。

造园如缀文，千变万化，不究全文气势立意，而仅务词汇叠砌者，能有佳构乎？文贵乎气，气有阳刚阴柔之分，行文如此，造园又何独不然。割裂分散，不成文理，借一亭一榭以斗胜，正今日所乐道之园林小品也。盖不通乎我国文化之特征，难于言造园之气息也。

南方建筑为棚，多敞口；北方建筑为窝，多封闭。前者原出巢居，后者来自穴处，故以敞口之建筑，配茂林修竹之景。园林之始，于此萌芽。园林以空灵为主，建筑亦起同样作用，故北国园林终逊南中。盖建筑以多门窗为胜，以封闭出之，少透漏之妙。而居人之室，更须有亲切之感，"众鸟欣有托，吾亦爱吾庐"，正咏此也。

小园若斗室之悬一二名画，宜静观；大园则如美术展览会之集大成，宜动观。故前者必含蓄耐人寻味，而后者设无吸引人之重点，必平淡无奇。园之功能因时代而变，造景亦有所异，名称亦随之不同，故以小公园、大公园（公园之"公"，系对私园而言）名之。解放前则可，今似多商榷，我曾建议是否皆须冠"公"字。今南通易狼山公园为北麓园，苏州易城东公园为东园，开封易汴京公园为汴园，似得风气之先。至于市园、郊园、平地园、山麓园，各具环境地势之特征，亦不能以等同之法设计之。

整修前人园林，每多不明立意。余谓对旧园有"复园"与"改园"二议。设若名园，必细征文献图集，使之复原，否则以己意为之，等于改园。正如装裱古画，其缺笔处，必以原画之笔法与设色续之，以成全璧。如用戈裕良之叠山法弥明人之假山，与以四王之笔法接石涛之山水，顿异旧观，真愧对古人，有损文物矣。若一般园林，颓败已极，残山剩水，犹可资用，以今人之意修改，亦无不可，姑名之曰"改园"。

我国盆栽之产生，与建筑具有密切之关系。古代住宅以院落天井组合而成，周以楼廊或墙垣，空间狭小，阳光较少，故吴下人家每以寸石尺树布置小景，点缀其间，往往见天不见日，或初阳煦照，一瞬即过，要皆能适植物之性，保持一定之温度与阳光，物赖以生，景供人观。东坡诗所谓："微雨止还作，小窗幽更妍。盆山不见日，草木自苍然。"最能得此神理。盖生活所需之必然产物，亦穷则思变，变则能通，所谓"适者生存"。今以

［元］佚名《岁朝图》

开畅大园，置数以百计之盆栽，或置盈丈之乔木于巨盆中，此之谓大而无当。而风大日烈，蒸发过大，难保存活，亦未深究盆景之道而盲为也。

华丽之园难简，雅淡之园难深。简以救俗，深以补淡，笔简意浓，画少气壮。如晏殊诗："梨花院落溶溶月，柳絮池塘淡淡风。"艳而不俗，淡而有味，是为上品。皇家园林，过于繁缛；私家园林，往往寒俭，物质条件所限也。无过无不及，得乎其中。须割爱者能忍痛，须添补者无吝色。即下笔千钧，反复推敲，闺秀之画能脱脂粉气，释道之画能脱蔬笋气，少见者。刚以柔出，柔以刚现。扮书生而无穷酸相，演将帅而具台阁气，皆难能也。造园之理，与一切艺术无不息息相通。故余曾谓明代之园林，与当时之文学、艺术、戏曲同一思想感情，而以不同形式出现之。

能品园，方能造园，眼高手随之而高，未有不辨乎味能为著食谱者。故造园一端，主其事者，学养之功，必超乎实际工作者。计成云："三分匠，七分主人。"言主其事者之重要，非污蔑工人之谓。今以此而批判计氏，实尚未读通计氏《园冶》也。讨论学术，扣以政治帽子，此风当不致再长矣。

假假真真，真真假假。《红楼梦》大观园假中有真，真中有假，是虚构，亦有作者曾见之实物；是实物，又有参与作者之虚构。其所以迷惑读者正在此。故假山如真方妙，真山似假便奇，真人如造像，造像似真人，其捉弄人者又在此。造园之道，要在能"悟"，有终身事其业，而不解斯理者正多，甚矣！造园之难哉。园中立峰，亦存假中寓真之理，在品题欣赏上以感情悟物，且进而达人格化。

文学艺术作品言意境，造园亦言意境。王国维《人间词话》所谓境界也。对象不同，表达之方法亦异，故诗有诗境，词有词境，曲有曲境。"曲径通幽处，禅房花木深"，诗境也。"梦后楼台高锁，酒醒帘幕低垂"，词境也。"枯藤老树昏鸦，小桥流水人家"，曲境也。意境因情景不同而异，其与园林所现意境亦然。园林之诗情画意，即诗与画之境界在实际景物中出现之，统名之曰意境。"景露则境界小，景隐则境界大。""引水多随势，栽松不趁行。""亭台到处皆临水，屋宇虽多不碍山。""几个楼台游不尽，一条流水乱相缠。"此虽古人咏景说画之辞，造园之法适同，能为此，则意境自出。

园林叠山理水，不能分割言之，亦不可以定式论之，山与水相辅相成，变化万方。山无泉而若有，水无石而意存，自然高下，山水仿佛其中。昔苏州铁瓶巷顾宅艮庵前一区，得此消息。江南园林叠山，每以粉墙衬托，盖觉山石紧凑峥嵘，此粉墙画本也。若墙不存，则如一丘乱石，故今日以大园叠山，未见佳构者正在此。画中之笔墨，即造园之水石，有骨有肉，方称上品。石涛（道济）画之所以冠世，在于有骨有肉，笔墨俱备。板桥（郑燮）学石涛有骨而无肉，重笔而少墨。盖板桥以书家作画，正如工程家构园，终少韵味。

建筑物在风景区或园林之布置，皆因地制宜，但主体建筑始终维持其南北东西平直方向。斯理甚简，而学者未明者正多。镇江金山、焦山、北固山三处之寺，布局各殊，风格终异。金山以寺包山，立体交通；焦山以山包寺，院落区分；北固以寺镇山，雄踞其巅。故同临长江，取景亦各览其胜。金山宜远眺，焦山在平览，而北固山在俯瞰。皆能对观上着眼，于建筑物布置上用力，各臻其美，学见乎斯。

山不在高，贵有层次；水不在深，妙于曲折。峰岭之胜，在于深秀。江南常熟虞山，无锡惠山，苏州上方山，镇江南郊诸山，皆多此特征。泰山之能为五岳之首者，就山水而言，以其有山有水。黄山非不美，终鲜巨瀑，设无烟云之出没，此山亦未能有今日之盛名。

风景区之路，宜曲不宜直，小径多于主道，则景幽而客散，使有景可寻、可游，有泉可听，有石可留，吟想其间，所谓"入山唯恐不深，入林唯恐不密"。山须登，可小立顾盼，故古时皆用磴道，亦符人类两足直立之本意，今易以斜坡，行路自危，与登之理相悖。更以筑公路之法而修游山道，致使丘壑破坏，漫山扬尘，而游者集于道与飙轮争途，拥挤可知，难言山屐之雅兴。西湖烟霞洞本由小径登山，今汽车达巅，其情无异平地之灵隐飞来峰前，真是"豁然开朗"，拍手叫好，从何处话烟霞耶？闻西湖诸山拟一日之汽车游程可毕，如是西湖将越来越小。此与风景区延长游览线之主旨相悖，似欠明智。游兴、赶程，含义不同，游览宜缓，赶程宜速，今则适正倒置。孤立之山筑登山盘旋道，难见佳境，极易似毒蛇之绕颈，将整个之山数段分割，无耸翠之姿，高峻之态。证以西湖玉皇山与福州鼓山二道，可见轩轾。后者因山势重叠，故可掩拙。名山筑路千万慎重，如经破坏，景物一去不复返矣。千古功罪，待人评定。至于入山旧道，切宜保存，缓步登临，自有游客。泉者，山眼也。今若干著名风景地，泉眼已破，终难再活。趵突无声，九溪渐涸，此事非可等闲视之。开山断脉，打井汲泉，工程建设未与风景规划相配合，元气大伤，徒唤奈何。楼者，透也。园林造楼必空透。"画栋朝飞南浦云，珠帘暮卷西山雨。"境界可见。松者，松也。枝不能多，叶不能密，方见姿态。而刚柔互用，方见效果。杨柳必存老干，竹木必露嫩梢，皆反笔出之。今西湖白堤之柳，尽易新苗，老树无一存者，顿失前观。"全部肃清，彻底换班。"岂可用于治园耶？

风景区多茶室，必多厕所，后者实难处理，宜隐蔽之。今厕所皆饰以漏窗，宛若"园林小品"。余曾戏为打油诗"我为漏窗频叫屈，而今花样上茅房"（我1953年刊《漏窗》一书，其罪在我）之句。漏窗功能泄景，厕所有何景可泄？曾见某处新建厕所，漏窗盈壁，其左刻石为"香泉"，其右刻石为"龙飞凤舞"，见者失笑。鄙意游览大风景区，宜设茶室，以解游人之渴。至于范围小之游览区，若西湖西泠印社、苏州网师园似可不必设置茶室，占用楼堂空间。而大型园林茶室有如宾馆餐厅，亦未见有佳构者，主次未分，本末倒置。如今风景区以园林倾向商店化，似乎游人游览就是采购物品，宜乎古刹成庙会，名园皆市肆，则"东篱为市井，有辱黄花矣"。园林局将成为商业局，此名之曰"不务正业"。

浙中叠山重技而少艺，以洞见长，山类皆孤立，其佳者有杭州元宝街胡宅、学官巷吴宅、孤山文澜阁等处，皆尚能以水佐之。降及晚近，以平地叠山，中置一洞，上覆一平台，极简陋。此皆浙之东阳匠师所为。彼等非专攻叠山，原为水作之工，杭人称为阴沟匠者，鱼目混珠，以诓不识者。后因"洞多不吉"，遂易为小山花台，此入民国后之状也。从前叠山，有苏帮、宁（南京）帮、扬帮、金华帮、上海帮（后出，为宁、苏之混合体）。而南宋以后著名叠山师，则来自吴兴、苏州。吴兴称山匠，苏州称花园子，浙中又称假山师或叠山师，扬州称石匠，上海（旧松江府）称山师，名称不一。云间（松江）名手张涟、张然父子，人称张石匠，名动公卿间。张涟父子流寓京师，其后人承其业，即山子张也。要之，太湖流域所叠山，自成体系，而宁、扬又自一格，所谓苏北系统，其与浙东匠师皆各立门户，但总有高下之分。其下者就石论石，心存叠字，遑论相石选石，更不谈石之纹理，专攻五日一洞，十日一山，模拟真状，以大缩小，实假戏真做，有类儿戏矣。故云，叠山者，艺术也。

鉴定假山，何者为原构？何者为重修？应注意留心山之脚、洞之底，因低处不易毁坏，如一经重叠，新旧判然。再细审灰缝，详审石理，必渐能分晓，盖石缝有新旧，胶合品成分亦各异，石之包浆，斧凿痕迹，在在可佐证也。苏州留园，清嘉庆间（1796—1820年）刘氏重补者，以湖石接黄石，更判然明矣。而旧假山类多山石紧凑相挤，重在垫塞，功在平衡，一经拆动，涣然难收陈局。佳作必拼合自然，曲具画理，缩地有法，观其局部，复察全局，反复推敲，结论遂出。

近人但言上海豫园之盛，却未言明代潘氏宅之情况，宅与园仅隔一巷耳。潘宅在今园东安仁街梧桐路一带，旧时称安仁里。据叶梦珠《阅世编》所记："建第规模甲于海上，面照雕墙，宏开俊宇，重轩复道，几于朱邸，后楼悉以楠木为之，楼上皆施砖砌，登楼与平地无异。涂金染丹垩，雕刻极工作之巧。"以此建筑结构，证豫园当日之规模，甚相称也。惜今已荡然无存。

清初画家恽寿平（南田）《瓯香馆集》卷十二："壬戌八月，客吴门拙政园，秋雨长林，致有爽气。独坐南轩，望隔岸横冈叠石峻嶒，下临清池，涧路盘纡，上多高槐、柽柳、桧柏，虬枝挺然，迥出林表。绕堤皆芙蓉，红翠相间，俯视澄明，游鳞可数，使人悠然有濠濮闲趣。自南轩过艳雪亭，渡红桥而北，傍横冈，循涧道，山麓尽处有堤通小阜，林木翳如，池上为湛华楼，与隔水回廊相望，此一园最胜地也。"壬戌为清康熙二十一年（1682年），南田五十岁时（生于明崇祯六年癸酉即1633年，死于清康熙二十九年庚午即1690年）所记，如此翔实。南轩为倚玉轩，艳雪亭似为荷风四面亭，红桥即曲桥。湛华楼以地位观之，即见山楼所在。隔水回廊，与柳荫路曲一带出入亦不大。以画人之笔，记名园之景，修复者能悟此境界，固属高手，但"此歌能有几人知"，徒唤奈何。保园不易，修园更难。不修则已，一修惊人。余再重申研究园史之重要，以为此篇殿焉。曩岁叶恭绰先生赠余一联："洛阳名园（记），扬州画舫（录）；武林遗事，日下旧闻（考）。"以四部园林古迹之书目相勉，则余今之所作，岂徒然哉。

1980 年 5 月完稿于镇江宾舍

说园（四）

一年漫游，触景殊多，情随事迁，遂有所感，试以管见论之，见仁见智，各取所需。书生谈兵，容无补于事实，存商而已。因续前三篇，故以《说园（四）》名之。

造园之学，主其事者须自出己见，以坚定之立意，出宛转之构思，成者誉之，败者贬之。无我之园，即无生命之园。

水为陆之眼，陆多之地要保水，水多之区要疏水。因水成景，复利用水以改善环境与气候。江村湖泽，荷塘菱沼，蟹簖渔庄，水上产物，不减良田，既增收入，又可点景。王士祯诗云："江干多是钓人居，柳陌菱塘一带疏。好是日斜风定后，半江红树卖鲈鱼。"神韵天然，最是依人。

旧时城垣，垂杨夹道，杜若连汀，雉堞参差，隐约在望，建筑之美与天然之美交响成曲。王士祯诗云："绿杨城郭是扬州。"今已拆，此景不可再得矣。故城市特征，首在山川地貌，而花木特色实占一地风光。成都之为蓉城，福州之为榕城，皆予游者以深刻之印象。

恽寿平论画："青绿重色，为浓厚易，为浅淡难。为浅淡易，而愈见浓厚为尤难。"造园之道，正亦如斯。所谓实处求虚，虚中得实，淡而不薄，厚而不滞，存天趣也。今经营风景区园事者，破坏真山，乱堆假山，堵却清流，易置喷泉，抛却天然而善作伪，大好泉石，随意改观，如无喷泉未是名园者。明末钱澄之记黄蘗山居（在桐城之龙眠山），论及："吴中人好堆假山以相夸诩，而笑吾乡园亭之陋。予应之曰：'吾乡有真山水，何以假为？'惟任真，故失诸陋，洵不若吴人之工于作伪耳。"又论此园："彼此位置，各不相师，而各臻其妙，则有真山水为之质耳。"此论妙在拈出一个"质"字。

山林之美，贵于自然，自然者，存真而已。建筑物起"点景"作用，其与园林似有所别，所谓锦上添花，花终不能压锦也。宾馆之作，在于栖息小休，宜着眼于周围有幽静之境，能信步盘桓，游目骋怀，故室内外空间并互相呼应，以资流通，晨餐朝晖，夕枕落霞，坐卧其间，小中可以见大。反之，高楼镇山，汽车环居，喇叭彻耳，好鸟惊飞。俯视下界，豆人寸屋，大中见小，渺不足观，以城市之建筑，夺山林之野趣，徒令景色受损，游者扫兴而已。丘壑平如砥，高楼塞天地，此几成为目前旅游风景区所习见者。闻更有欲消灭山间民居之举，诚不知民居为风景区之组成部分，点缀其间，楚楚可人，古代山水画中每多见之。余客瑞士，日内瓦山间民居，窗明几净，予游客以难忘之情。余意以为风景区之建筑，宜隐不宜显，宜散不宜聚，宜低不宜高，宜麓（山麓）不宜顶（山顶），须变化多，朴素中有情趣，要随宜安排，巧于因借，存民居之风格，则小院曲户，粉墙花影，自多情趣。游者生活其间，可以独处，可以留客，"城市山林"，两得其宜。明末张岱在《陶庵梦忆》中记范长白园（苏州天平山之高义园）云："园外有长堤，桃柳曲桥，蟠屈湖面，桥尽抵园，园门故作低小，进门则长廊复壁，直达山麓，其缯楼幔阁，秘室曲房，故故匿之，不使人见也。"又毛大可《彤史拾遗记》记崇祯所宠之贵妃，扬州人，"尝厌宫闱过高迥，崇杠大牖，所居不适意，乃就廊房为低槛曲楯，蔽以敞槅，杂采扬州诸什器、床簟供设其中"。以证余创山居宾舍之议不谬。

园林与建筑之空间，隔则深，畅则浅，斯理甚明，故假山、廊、桥、花墙、屏、幕、槅扇、书架、博古架等，皆起隔之作用。旧时卧室用帐、碧纱橱，亦同样效果。日本居住之室小，席地而卧，以纸槅小屏分之，皆属此理。今西湖宾馆、餐厅，往往高大如宫殿，近建孤山楼外楼，体量且超颐和园之排云殿，不如易名太和楼则更名符其实矣。太和殿尚有屏隔之，有柱分之，而今日之大餐厅几等体育馆。风景区往往因建造一大宴会厅，开石劈山，有如兴建营房，真劳民伤财，遑论风景之存不存矣。旧时园林，有东西花厅之设，未闻有大花厅之举。大宾馆、大餐厅、大壁画、大盆景、大花瓶，以大为尚，真是如是如是，善哉善哉。

不到苏州，一年有奇，名园胜迹，时萦梦寐。近得友人王西野先生来信，谓："虎丘东麓就东山庙遗址，正在营建盆景园，规模之大，无与伦比。按东山庙为王珣祠堂，亦称短簿祠，因珣身材短小，曾为主簿，后人戏称'短簿'。清汪琬诗：'家临绿水长洲苑，人在青山短簿祠。'陈鹏年诗：'春风再扫生公石，落照仍衔短簿祠。'怀古情深，写景入画，传诵于世。今堆叠黄石大假山一座，天然景色，破坏无余。盖虎丘一小阜耳，能与天下名山争胜，以其寺里藏山，小中见大，剑池石壁，浅中见深，历代名流题咏殆遍，为之增色。今在真山面前堆假山，小题大做，弄巧成拙，足下见之，亦当扼腕太息，徒呼负负也。"此说与鄙见合，恐主其事者，不征文献，不谙古迹与名胜之史实，并有一"大"字在脑中作怪也。

风景区之经营，不仅安排景色宜人，而气候亦须宜人。今则往往重景观，而忽视局部小气候之保持，景成而气候变矣。7月间到西湖，园林局邀游金沙港，初夏傍晚，余热未消，信步入林，溽暑无存，水佩风来，几入仙境，而流水淙淙，绿竹猗猗，隔湖南山如黛，烟波出没，浅淡如水墨轻描，正有"独笑熏风更多事，强教西子舞霓裳"之概。我本湖上人家，却从未享此清福。若能保持此与外界气候不同之清凉世界，即该景区规划设计之立意所在，一旦破坏，虽五步一楼，十步一阁，亦属虚设，盖悖造园之理也。金沙港应属水泽园，故建筑、桥梁等均宜贴水、依水，映带左右，而茂林修竹，清风自引，气候凉爽，绿云摇曳，荷香轻溢，野趣横生。"黄茅亭子小楼台，料理溪山煞费才。"能配以凉馆竹阁，益显西子淡妆之美，保此湖上消夏一地，他日待我杖履其境，从容可作小休。

吴江同里镇，江南水乡之著者，镇环四流，户户相望，家家临河，因水成街，因水成市，因水成园。任氏退思园于江南园林中独辟蹊径，具贴水园之特例。山、亭、馆、廊、轩、榭等皆紧贴水面，园如浮水上。其与苏州网师园诸景依水而筑者，予人以不同景观，前者贴水，后者依水。所谓依水者，因假山与建筑物等皆环水而筑，唯与水之关系尚有高下远近之别，遂成贴水园与依水园两种格局。皆因水制宜，其巧妙构思则又有所别，设计运思，于此可得消息。余谓大园宜依水，小园重贴水，而最关键者则在水位之高低。我国园林用水，以静止为主，清许周生筑园杭州，名"鉴止水斋"，命意在此，源出我国哲学思想，体现静以悟动之辩证观点。

水曲因岸，水隔因堤，移花得蝶，买石绕云，因势利导，自成佳趣。山容水色，善在经营，中小城市有山水能凭借者，能做到有山皆是园，无水不成景，城因景异，方是妙构。

济南珍珠泉，天下名泉也。水清浮珠，澄澈晶莹。余曾于朝曦中饮露观泉，爽气沁人，境界明静，奈何重临其地，已异前观，黄石大山，狰狞骇人，高楼环压，其势逼人，杜甫咏《望岳》"会当凌绝顶，一览众山小"之句，不意于此得之。山小楼大，山低楼高，溪小桥大，溪浅桥高。汽车行于山侧，飞轮扬尘，如此大观，真可说是不古不今，不中不西，不伦不类。造园之道，可不慎乎？

反之，潍坊十笏园，园甚小，故以十笏名之。清水一池，山廊围之，轩榭浮波，极轻灵有致。触景成咏："老去江湖兴未阑，园林佳处说般般。亭台虽小情无限，别有缠绵水石间。"北国小园，能饶水石之胜者，以此为最。

泰山有十八盘，盘盘有景，景随人移，气象万千，至南天门，群山俯于脚下，齐鲁青青，千里未了，壮观也。自古帝王，登山封禅，翠华临幸，高山仰止。如易缆车，匆匆而来，匆匆而去，景游与货运无异。而破坏山景，固不待言，实不解登十八盘参玉皇顶而小天下宏旨。余尝谓旅与游之关系，旅须速，游宜缓，相背行事，有负名山。缆车非不可用，宜于旅，不宜于游也。

名山之麓，不可以环楼、建厂，盖断山之余脉矣。此种恶例，在在可见。新游南京燕子矶、栖霞寺，人不到景点，不知前有景区，序幕之曲，遂成绝响，主角独唱，鸦噪聒耳。所览之景，未允环顾。燕子矶仅临水一面尚可观外，余则黑云滚滚，势袭长江。坐石矶戏为打油诗："燕子燕子，何不高飞，久栖于斯，坐以待毙。"旧时胜地，不可不来，亦不可再来。山麓既不允建高楼、工厂，而低平建筑却不能缺少，点缀其间，景深自幽，层次增多，亦远山无脚之处理手法。

近年风景名胜之区，与工业矿藏矛盾日益尖锐。取蛋杀鸡之事，屡见不鲜，如南京正在开幕府山矿石，取栖霞山之银矿。以有烟工厂而破坏无烟工厂，以取之可尽之资源，而竭取之不尽之资源，最后两败俱伤，同归于尽。应从长远观点来看，权衡轻重，深望主其事者切莫等闲视之。古迹之处应以古为主，不协调之建筑万不能移入。杭州北高峰与南京鼓楼之电视塔，真是触目惊心。在此等问题上，应明确风景区应以风景为主，名胜古迹应以名胜古迹为主，其他一切不能强加其上。否则，大好河山、祖国文化，将损毁殆尽矣。

唐代白居易守杭州，浚西湖筑白沙堤，未闻其围垦造田。宋代苏轼因之，清代阮元继武前贤，千百年来，人颂其德，建白苏二公祠于孤山之阳。郁达夫有"堤柳而今尚姓苏"之句美之。城市兴衰，善择其要而谋之，西湖为杭州之命脉，西湖失即杭州衰。今日定杭州为旅游风景城市，即基于此。至于城市面貌亦不能孤立处理，务使山水生妍，相映增色。沿钱塘江诸山，应加以修整，襟江带湖，实为杭州最胜处。

古迹之区，树木栽植，亦必心存"古"字，南京清凉山，门额颜曰"六朝胜迹"。入其内，雪松夹道，岂六朝时即植此树耶？古迹新装，洋为中用，解我朵颐。古迹之修复，非仅建筑一端而已，其环境气氛，陈设之得体，在在有史可据。否则何言古迹？言名胜足矣。"无情最是台城柳，依旧烟笼十里堤。"此意谁知？近人常以个人之喜爱，强加于古人之上。蒲松龄故居，藻饰有如地主庄园，此老如在，将不认其书生陋室。今已逐渐改观，初复原状，诚佳事也。

园林不在乎饰新，而在于保养；树木不在乎添种，而在于修整。山必古，水必活，草木华滋，好鸟时鸣，四时之景，无不可爱。园林设市肆，非其所宜，主次务必分明。园林建筑必功能与形式相结合，古时造园，一亭一榭，几曲回廊，皆据实际需要出发，不多筑，不虚构，如作诗行文，无废词赘句。学问之道，息息相通。今之园思考欠周，亦如文之推敲不够。园所以兴游，文所以达意。故余谓绝句难吟，小园难筑，其理一也。

王时敏《乐郊园分业记》："……适云间张南垣至，其巧艺直夺天工，丛篲为山甚力……因而穿池种树，标峰置岭，庚申（明泰昌元年，1620年）经始，中间改作者再四，凡数年而后成。磴道盘纡，广池潴沲，周遮竹树蓊郁，浑若天成，而凉堂邃阁，位置随宜，卉木轩窗，参错掩映，颇极林壑台榭之美。"以张南垣（涟）之高技，其营园改作者再四，益证造园施工之重要，间亦必需要之翻工修改，必须留有余地。凡观名园，先论神气，再辨时代，此与鉴定古物，其法一也。然园林未有不经修者，故首观全局，次审局部，不论神气，单求枝节，谓之舍本求末，难得定论。

巨山大川，古迹名园，首在神气。五岳之所以为天下名山，亦在于"神气"之旺。今规划风景，不解"神气"，必至庸俗低级，有污山灵。尝见江浙诸洞，每以自然抽象之山石，改成恶俗之形象，故余屡称"还我自然"。此仅一端，人或尚能解之者；它若大起华厦，畅开公路，空悬索道，高竖电塔，凡兹种种，山水神气之劲敌也，务必审慎，偶一不当，千古之罪人矣。

园林因地方不同，气候不同，而特征亦不同。园林有其个性，更有其地方性，故产生园林风格，亦因之而异。即使同一地区，亦有市园、郊园、平地园、山麓园等之别。园与园之间，亦不能强求一律，而各地文化艺术、风土人情、树木品异、山水特征等等，皆能使园变化万千，如何运用，各臻其妙者，在于设计者之运思。故言造园之学，其识不可不广，其思不可不深。

恽寿平论画云："潇洒风流谓之韵，尽变奇穷谓之趣。"不独画然，造园置景，亦可互参。今之造园，点景贪多，便少韵致。布局贪大，便少佳趣，韵乃自书卷中得来，趣必从个性表现。一年游踪所及，评量得失，如此而已。

1981 年 10 月 10 日写成于同济大学建筑系

说园（五）

　　《说园》首篇余既阐造园动观、静观之说，意犹未尽，续畅论之。动、静二字，本相对而言，有动必有静，有静必有动，然而在园林景观中，静寓动中，动由静出，其变化之多，造景之妙，层出不穷，所谓通其变，遂成天下之文。若静坐亭中，行云流水，鸟飞花落，皆动也。舟游人行，而山石树木，则又静止者。止水静，游鱼动，静动交织，自成佳趣。故以静观动，以动观静，则景出。"万物静观皆自得，四时佳兴与人同。"事物之变，概乎其中。若园林无水、无云、无影、无声、无朝晖、无夕阳，则无以言天趣，虚者，实所倚也。

　　静之物，动亦存焉。坐对石峰，透漏俱备，而皴法之明快，线条之飞俊，虽静犹动。水面似静，涟漪自动。画面似静，动态自现。静之物若无生意，即无动态。故动观静观，实造园产生效果之最关键处，明乎此，则景观之理得初解矣。

　　质感存真，色感呈伪，园林得真趣，质感居首，建筑之佳者，亦有斯理，真则存神，假则失之。园林失真，有如布景。书画失真，则同印刷。故画栋雕梁，徒炫眼目。竹篱茅舍，引人遐思。《红楼梦》"大观园试才题对额"一回，曹雪芹借宝玉之口，评稻香村之作伪云："此处置一田庄，分明是人力造作而成。远无邻村，近不负郭，背山山无脉，临水水无源，高无隐寺之塔，下无通市之桥，峭然孤出，似非大观。那似先处（指潇湘馆）有自然之理，得自然之趣，虽种竹引泉，亦不伤穿凿。古人云'天然图画'四字，正畏非其地而强为其地，非其山而强为其山，即百般精巧，终不相宜。"所谓"人力造作"，所谓"穿凿"者，伪也。所谓"有自然之理，得自然之趣"者，真也。借小说以说园，可抵一篇造园论也。

郭熙谓"水以山为面"，"水得山而媚"，自来模山范水，未有孤立言之者。其得山水之理，会心乎此，则左右逢源。要之此二语，表面观之似水石相对，实则水必赖石以变。无石则水无形、无态，故浅水露矶，深水列岛。广东肇庆七星岩，岩奇而水美，矶濑隐现波面，而水洞幽深，水湾曲折，水之变化无穷，若无水，则岩不显，岸无形。故两者决不能分割而论，分则悖自然之理，亦失真矣。

一园之特征，山水相依，凿池引水，尤为重要。苏南之园，其池多曲，其境柔和。宁绍之园，其池多方，

[北宋] 郭熙《窠石平远图》（局部）

其景平直。故水本无形，因岸成之，平直也好，曲折也好，水口堤岸皆构成水面形态之重要手法。至于水柔水刚，水止水流，亦皆受堤岸以左右之。石清得阴柔之妙，石顽得阳刚之健，浑朴之石，其状在拙；奇突之峰，其态在变，而丑石在诸品中尤为难得，以其更富于个性，丑中寓美也。石固有刚柔美丑之别，而水亦有奔放宛转之致，是皆因石而起变化。

荒园非不可游，残篇非不可读，须知佳者虽零锦碎玉亦是珍品，犹能予人留恋，存其珍耳。龚自珍诗云："未济终焉心缥缈，百事翻从缺陷好。吟到夕阳山外山，古今谁免余情绕。"造园亦必通此消息。

"春见山容，夏见山气，秋见山情，冬见山骨。""夜山低，晴山近，晓山高。"前人之论，实寓情观景，以见四时之变。造景自难，观景不易。"泪眼问花花不语"，痴也。"解释春风无限恨"，怨也。故游必有情，然后有兴，钟情山水，知己泉石，其审美与感受之深浅，实与文化修养有关。故我重申：不能品园，不能游园；不能游园，不能造园。

造园综合性科学、艺术也，且包含哲理，观万变于其中。浅言之，以无形之诗情画意，构有形之水石亭台，晦明风雨，又皆能促使其景物变化无穷，而南北地理之殊，风土人情之异，更加因素增多。且人游其间，功能各取所需，绝不能以幻想代替真实，故造园脱离功能，固无佳构；究古园而不明当时社会及生活，妄加分析，正如汉儒释经，转多穿凿。因此，古今之园，必不能陈陈相因，而丰富之生活，渊博之知识，要皆有助于斯。

一景之美，画家可以不同笔法表现之，文学家可以不同角度描写之。演员运腔，各抒其妙，哪宗哪派，自存面貌。故同一园林，可以不同手法设计之，皆由观察之深，提炼之精，特征方出。余初不解宋人大青绿山水以朱砂作底，色赤，上敷青绿，追游中原嵩山，时值盛夏，土色皆红，所被草木尽深绿色，而楼阁参差，金碧辉映，正大小李将军之山水也。其色调皆重厚，色度亦相当，绚烂夺目，中原山川之神乃出。而江南淡青绿山水，每以赭石及草青打底，轻抹石青石绿，建筑勾勒间架，衬以淡赪，清新悦目，正江南园林之粉本。故立意在先，协调从之，自来艺术手法一也。

余尝谓苏州建筑与园林，风格在于柔和，吴语所谓"糯"。扬州建筑与园林，风格则多雅健。如宋代姜夔词，以"健笔写柔情"，皆欲现怡人之园景，风格各异，存真则一。风格定始能言局部单体，宜亭斯亭，宜榭斯榭。山叠何派，水引何式，必须成竹在胸，才能因地制宜，借景有方，亦必循风格之特征，巧妙运用之。选石择花，动静观赏，均有所据，故造园必以极镇静而从容之笔，信手拈来，自多佳构。所谓以气胜之，必整体完整矣。

余闽游观山，秃峰少木，石形外露，古根盘曲，而山势山貌毕露，分明能辨何家山水，何派皴法，能于实物中悟画法，可以画法来证实物。而闽溪水险，矶濑激湍，凡此琐琐，皆叠山极好之祖本。他如皖南徽州、浙东方岩之石壁，画家皴法，方圆无能。此种山水皆以皴法之不同，予人以动静感觉之有别，古人爱石、面壁，皆参悟哲理其中。

填词有"过片（变）"（亦名"换头"），即上半阕与下半阕之间，词与意必须若接若离，其难在此。造园亦必注意"过片"，运用自如，虽千顷之园，亦气势完整，韵味隽永。曲水轻流，峰峦重叠，楼阁掩映，木仰花承，皆非孤立。其间高低起伏，闾畅逶迤，处处皆有"过片"，此过渡之笔在乎各种手法之适当运用，即如楼阁以廊为过渡，溪流以桥为过渡。色泽由绚烂而归平淡，无中间之色不见调和，画中所用补笔接气，皆为过渡之法，无过渡则气不贯、园不空灵。虚实之道，在乎过渡得法，如是，则景不尽而韵无穷，实处求虚，正曲求余音，琴听尾声，要于能察及次要，而又重于主要，配角有时能超于主角之上者。"江流天地外，山色有无中。"贵在无胜于有也。

城市必须造园，此有关人民生活，欲臻其美，妙在"借""隔"。城市非不可以借景，若北京三海借景故宫，嵯峨城阙，杰阁崇殿，与李格非《洛阳名园记》所述："以北望则隋唐宫阙楼殿，千门万户，岩峣璀璨，延亘十余里，凡左太冲十余年极力而赋者，可瞥目而尽也。"但未

90

闻有烟囱近园，厂房为背景者。有之，唯今日之苏州拙政园、耦园，已成此怪状，为之一叹。至若能招城外山色，远寺浮屠，亦多佳例。此一端在"借"，而另一端在"隔"。市园必隔，俗者屏之。合分本相对而言，亦相辅而成，不隔其俗，难引其雅，不掩其丑，何逗其美。造景中往往有能观一面者，有能观两面者，在乎选择得宜。上海豫园萃秀堂，乃尽端建筑，厅后为市街，然面临大假山，深隐北麓，人留其间，不知身处市嚣中，仅一墙之隔，判若仙凡，隔之妙可见。故以隔造景，效果始出。而园之有前奏，得能渐入佳境，万不可率尔从事，前述过渡之法，于此须充分利用。江南市园，无不皆存前奏。今则往往开门见山，唯恐人不知其为园林。苏州怡园新建大门，即犯此病。沧浪亭虽属半封闭之园，而园中景色，隔水可呼，缓步入园，前奏有序，信是成功。

　　旧园修复，首究园史，详勘现状，情况彻底清楚，对山石建筑等作出年代鉴定，特征所在，然后考虑修缮方案。如裱古画接笔须反复揣摩，其难有大于创作，必再三推敲，审慎下笔。其施工程序，当以建筑居首，木作领先，水作为辅，大木完工，方可整池、修山、立峰，而补树添花，有时须穿插行之，最后铺路修墙。油漆悬额，一园乃成，唯待家具之布置矣。

造园可以遵古为法，亦可以洋为师，两者皆不排斥。古今结合，古为今用，亦势所必然，若境界不究，风格未求，妄加抄袭拼凑，则非所取。故古今中外，造园之史，构园之术，来龙去脉，以及所形成之美学思想，历史文化条件，在在须进行探讨，然后文有据，典有征，古今中外运我笔底，则为尚矣。古人云："临画不如看画，遇古人真本，向上研求，视其定意若何，结构若何，出入若何，偏正若何，安放若何，用笔若何，积墨若何，必于我有出一头地处，久之自与吻合矣。"用功之法，足可参考。日本明治维新之前学习中土，明治维新后效法欧洲，近又模仿美国，其建筑与园林，总表现大和民族之风格，所谓有"日本味"。此种现状，值得注意。至于历史之研究自然居首重地位，试观其图书馆所收之中文书籍，令人瞠目，即以《园冶》而论，我国亦转录自东土。继以欧美资料亦汗牛充栋，而前辈学者，如伊东忠太、常盘大定、关野贞等诸先生，长期调查中国建筑，所为著作，至今犹存极高之学术地位，真表现其艰苦结实之治学态度与方法，以抵于成，在得力于收集之大量直接与间接资料，由博返约。他山之石，可以攻玉。园林重"借景"，造园与为学又何独不然。

园林言虚实，为学亦若是。余写《说园》，连续五章，虽洋洋万言，至此江郎才尽矣。半生湖海，踏遍名园，成此空论，亦自实中得之。敢贡己见，求教于今之方家。老去情怀，期有所得，当秉烛赓之。

1982 年 1 月 20 日于同济大学建筑系

说游

　　祖国大地，湖山秀丽，春秋佳日，偶作小游，浅草没马蹄，金风送归棹，扬鞭荡桨，笑语从容，确是令人神往的乐事。但近年来出游每以汽车代步，人影匆匆，过眼风光，即西湖久以荡舟湖上著称，一度也易以汽艇，似乎"现代化"了，可惜破坏了游兴逸致，实在未敢苟同。

　　本来山水之美，各极其妙，有的重峦叠翠，有的浅滩流声，游者须缓步轻舟，细心观赏，神会意到，诗情画意，才能盎然而生。古来多少优秀的文学艺术作品，就是在这种境界中孕育、产生的。因此，登高解鞍，临流呼棹，是可以增加不少游兴的。过去游扬州瘦西湖，要从城内小秦淮开始，慢慢荡入湖区，有层次、有节奏地摇到平山堂脚下，湖虽瘦而丝毫不觉其局促。广州荔枝湾，两岸亭馆，隐现于荔枝之间，画舫轻漾，转入珠江湾，顿觉豁然开朗，眼目清凉。两地情致仿佛似之。最近扬州已整顿了小秦淮水系，恢复舟游，博得了人民的称赞；而我去年到羊城，求荔枝湾不得，盖已废置。流风消歇，怅然久之，立河桥赋："西园一曲尚泠泠，人远江南入梦痕。佳话荔湾成影事，千秋功过向谁论。"两地相比，感慨系之也。

北京颐和园，原先也可以由水道乘船前去，杨柳夹岸，宛如江南。如今是"除非春梦里，重见漾轻舟"了。过去游八达岭、十三陵，可跨小毛驴代步，鞭影蹄声，亦多闲致，既可锻炼身体，亦足以调剂精神。济南大明湖，面积不大，如坐汽车，几分钟便跑完了。前番往游，泛舟夜渡，雪影依稀，湖中央的历下亭在夜雾笼罩下，境界幽绝，此类美感，唯解人能心驰而神会。有些旅游事业的工作者，似乎只要让游客足迹履及，就算完成任务；有些风景区管理者，向往着全部自动化。于是，游湖乃成"看湖"，游山变了"登山"，将来直升飞机普及之后，可以从天上观赏，几分钟解决问题。速则速矣，其奈失去了"游"的意境何？环湖马路，登山电缆，幽径变敞道，明湖若游泳池，登山如上摩天大楼，这样又何必到风景区去呢？山水之乐，要细细领略，如全部以汽车、汽艇为交通工具，来去匆匆，到此一游，唯吃喝而已，这岂不像《儒林外史》里的马二先生游西湖，全无会心，茫然大嚼而归一样了吗！

去冬到美国，纽约市的大道上，至今还有大马车，老者坐着悠游以进，想来也有不同的情趣。归国时经瑞士日内瓦，小游二日。日内瓦湖中就有各种各样的船，从小木艇到大船，游客可以各取所需。湖光潋滟，山色秀丽，弃舟登岸，冈上小径纵横，任我徘徊，山崖水角，小坐片刻，野草闲花，俯拾得之。他们的交通事业可算发达了，但其现代化设施却致力于如何使旅客在航空、公路、铁路等旅程中加速，而到了风景区则不像我们那样百尺大道，一览无遗，倒是山重水复，柳暗花明，尽量使游客有兴趣多流连几天。旅游事业在国外极受重视，我们祖国有这样的悠久文化、大好河山，问题是应该怎样通盘筹划，怎样保持自己的特色而又取人之长，把旅游事业搞得兴旺起来。

一国有一国的特点，一地有一地的本色。希望负责园林建设的同志，多学点地方历史，多看点名胜志，将本地名胜的来龙去脉摸摸清楚，然后考虑怎样恢复、发展。友人秦新东曾说："如果把天平、灵岩过去的名胜一一恢复过来，肯定会比新的建设规划好。"话很有理。每一处名胜古迹的建成，实际是千百年来劳动人民智慧的结晶，没有必要盲目地推倒重来。比如，泰山松在泰山本有其历史的意义，今日却在泰山种上了外国的雪松，让泰山换上了西装，外国游客又何必不远万里到泰山去欣赏他们自己的家乡风光呢？听说有人提出要把扬州的瘦西湖改建成像长江三峡一样，就不知道怎样才能做到"两岸猿声啼不住，轻舟已过万重山"？这类规划，主其事者的头脑中实在缺少点儿历史唯物主义。

一国的名胜古迹、风景园林，代表着一国的文化和文明，不能等闲视之。镇江南郊诸山，是宋代大画家米芾"米家山水"的蓝本，近年来为了开采石材，毁掉了一处名胜，这是得不偿失的。济南原以"家家泉水，户户垂杨"著名的，现在快是"柳老不飞絮，泉涸不闻声"了，如不迅速"抢救"，何以对后代子孙？

信手拈来，写了这些，愚者之见，容有一得。总的来说是希望有关部门能从历史的、文化的角度，兼顾精神享受、经济收益等诸方面，统一筹划，把祖国的名胜古迹、风景园林建设得更加美好，使之为四个现代化服务。

1979 年

闽游记胜

1977年4月13日晨，偕喻生维国同作闽游，车发上海北站，晓风拂面，犹有寒意，薄棉未卸也。午后车过金华，渐暖矣，凭窗闲眺浙东明秀山水，洵足醉人。余谓浙山有水，皖山无水，闽山溪险，赣山溪清，皆显著不同处。经江山有双塔耸翠，曩岁未及见之，上饶亦有小塔二，过眼行云，他日重过或已化乌有。次日抵福州，寓西湖宾馆，故龚氏园也。午后至省博物馆，林钊、陈仲光二君及诸负责人招待。馆为新建，滨西湖，潮湿不宜珍藏。晚，林、陈诸君同来，言定省博物馆派人同行至各县。15日林钊、王铁帆等陪同去螺洲访陈宝琛宅。上午半日皆盘旋其间，宅三路，一列三进，环以清溪，故名螺洲，属闽县。陈为清遗老，宅后筑北望楼，瞩仰故君，还读楼为书斋，皆缀以楼廊。宅东北隅建沧趣楼为二层阁，前临方池，所谓沧趣楼藏书即指此，书三万册已归省图书馆。下午偕林钊同志勘察华林寺正殿，巨刹仅存此一殿，可与余姚保国寺为兄弟，北宋物也。其月梁之砍杀，美秀柔和，他地不及者，唯五架梁以上则非原件。晚陈祥耀来访。16日卢茂村陪同离福州，十时半抵福清，过乌龙江桥，风景如画，寓华侨饭店，下午看瑞云、水南二石塔，无意于街间发现宋井，其题记为"政和丁□（酉）（1117年）林□陈□斌募银□□□□，大中祥符元年（1008年）陈珠□□陈京□□□造，丁酉（1117年）同缘沙门□□，弟子下林□□舍地"，八角石砌。当地人士尚未知之，欣以相告。水南塔为宋构经明修，故下半段为宋物，上半段则明续，其砌法显然不同可证也。17日参观海口宋政和三年（1113年）桥，四十道孔。饭于公社，水库有明石塔倒影波间，虚实互见，空灵古秀，浅画成图矣。明叶向高宅存"闲云"石峰，高丈余，奇峭。福清住宅有用仰瓦铺顶者，知此法不局限于北国。18日上午十时达莆田，寓地委招待所，有假山一丘以竖石堆叠，闽中特征也。下临水池有小桥。午后参观三清殿，名不副实，修理草率，言明构亦甚勉强。宋徽宗玉清万寿宫记极佳。其他孝宗淳熙十一年（1184年）赐陈俊卿书刻石亦完整。神应庙记，绍兴间物，记泉州朱方舟海外经商事。文化馆设于宋谯门上，楼基存阙遗意，两翼稍突，门洞上置横梁，宋时遗物。重楼宏丽，为今闽南"鼓楼"仅存者。据县志："明嘉靖壬戌（1562年）毁，隆庆五年（1571年）重建。国朝康熙九年（1670年）知府慕天颜重修，至三十一年（1692年）复毁，五十六年（1717年）知府卞永嘉重建。"与实物相符。19日上午观木兰陂。途经广化寺，登宋石塔，有红军"中国共产党万岁"等标语，闽中之寺多建长廊，广化寺特宏敞，有老僧为我治病，多医理。下午看熙宁桥、黄石文庙。文庙大成殿虽清晚期建，然用料施工工整，柱施插拱，不细察误为明代前物也。此间手法多存古制，宜慎重鉴定。莫公井题记为"乾道三年（1167年）□月十五日立，乾道癸巳（1173年）春题（重修）端平乙未（1235年）冬题（重开）"。三教祠有古树三本合并，虬枝如龙。东岩寺塔宋绍圣六年（1099年）建，中空，如福清水南塔、同邑[①]广化寺塔。20日上午观宁海桥，元元统二年（1334年）建，瓜舟巨流而下，其快如飞。涵江三教祠前松林苍翠，隙间隐现水田，宛如长卷。饭于该镇，黄鱼鲜美。午后发现县城工业路二五号王宅，明建。除门屋毁，其他皆存，厅事三进，用材特大，大厅三间明间无平柱，用减柱法，屏门用锈砍，末进楼厅槁扇皆为原件，此今日所存年代久远之明代住宅，首次觅到，闽游最大收获也。陈经邦宅明万历年间物，三路三进，完整如新，惜宅后一厅及

---

① 今厦门同安。——编者注

花园毁矣。陈官至礼部尚书。五星巷明代小宅，一厅一照屋间以小天井，烈日下犹如三秋，盖蔽阳通风处理巧妙，门东向有楼出挑。林扬祖官云贵总督，宅建于清乾隆，保存完整。是等皆为鉴定不同时代建筑之代表作。绣衣街清康熙年间（1662—1722年）武官宅有小园水阁临流。双池巷小园，余等入内，有女孩移盆花布置，状甚可亲，欣其园之客来，"天真烂漫"之情，油然出于双颊，令人难以去怀。此等园规模几同出一辙。是日上午乘汽车兼小车，下午又冒雨访诸宅，殊劳顿，而兴致高。文化馆藏天文图，余鉴定为晚明物，与天文学者鉴定同。来莆田时车经渔溪，滨海有小塔。江口侨村，建筑混杂，此闽南村落常见之状，与他地迥异。次日晨离莆田，陈佳润翁等走送车站，盛情可感。抵泉州已近午，海博馆许清泉等同志相迎，寓地委招待所。午后文化局领导来。稍暇，信步市街，多骑楼。22日于开元寺博物馆听介绍。开元寺为弘一法师驻锡处，法师为我国学术史重要人物，余自幼即景仰。寺伟丽，有东西石塔，而六榕覆地，风景极好，余吟一联："弘一有灵应识我，开元洵美要题诗。"午后观寺内建筑，东首小殿为明构。大殿已扩建，明末之物可信。诸殿祖像俱在，出某市委书记保护之力也。寺一度改为商场，今已复原。傍晚为东塔摄影。晚，小林（存琪）来，厦大考古系毕业生。盖上午参观南宋海船，由她介绍藏物也。客厦门时，庄为玑翁告，海船发现之港口有木卧桩，而此卧桩泉州南安县金鸡桥者尤可珍。王洪涛翁云："金鸡桥原在南安县丰州公社旭村，桥建于南宋嘉定年间（1208—1224年），其位于晋江东西二源汇合处，双溪口之下，居晋江口之上游，江面深广，桥横跨于晋江东西两岸，原系石木结构，桥面木板，清代毁于火，仅存石砌桥墩十七座枕于江流。该桥旧墩之拆卸，从上而下，层层卸石，及石尽底见，发现巨大松木二层，纵横层叠，作为'卧桩'，而每一松木皆系赤松，其用也，整株去枝叶截头尾，留存主干及树皮，松木巨大，树干全长十五至十六米之间，尾径四十至五十厘米许，出土时木质未变，树皮完好，一接触空气，皮即自裂，但不脱落，色亦渐变黑黝色，当松木被抬起之后，其下即江底之沙积层，可见为初建时物，松木纵横叠妥后桥墩即叠砌其上，其未受墩之四周再铺压一层重石。"或云："桩为先载石，运至墩位，上压石沉之。"明王慎中《泉州府修万安桥记》："……至于凿石伐木，激流涨舟，悬机以弦绹……"此乃明建桥施工法。23日上午去弥陀岩、老君岩，皆在城北，前者有大元至正二十四年（1364年）甲辰中和月告成石碑："易殿以石，建台塔，改堂宇，再精琢佛相涂金。"佛与塔与所记皆符，殿亦改动殊少。老君岩以岩石雕像，特出头脚，坐像生动，宋人作也。山间弘一法师墓，亭存而穴亡。午后驱车，观应庚塔，实心，秀挺如江南者，与当地其他石塔异，宋物。殿为明构。昭庆寺宋幢瘦长，用花岗岩，雕刻较粗。24日莆田卢君来参加勘察，作业务学习。午前看清净寺，仅留石构砖构建筑，宋代名寺也。李贽故居，清同治间（1862—1874年）造，《文物》误为原构殊可疑，足证前时余初见此文，信其非真也。天妃宫，清建。文庙泮池建一桥，前高后坦，形象秀美，二榕俯水，照影浓郁。次日去海安观五里桥，此名桥也，今桥周围垦。江水仅通数孔，未能见当时汹涌澎湃之巨流滚滚于长桥之下。现状残损亦甚，维修颇费商量。龙山寺，清建，前廊雕刻甚细，佛像犹存。饭于公社。午后驱车上山观六胜、姑嫂二石塔，俯视泉州湾，蓝天碧水，四山环抱，胸襟顿开。六胜塔元至正二年（1342年）建，其形制一如开元寺双塔，中置塔心柱，加内廊。姑嫂塔宋绍兴间建，中空，清代于底层前加廊屋。途经石狮，侨乡也，人比如小香港，匆匆而过。是日余印象难忘者，则为清晨到草庵谒弘一法师读经处，庵原为摩尼教寺地，其摩崖可证，而佛像则民国初所凿，传为该教像，非也。弘一于庵中撰一联云："草积不除，便觉眼前生意满；庵门常掩，毋忘世上苦人多。岁次甲戌正月，沙门一音撰并书。"一音为弘一别号。他则庵中木柜皆法师墨笔题记。是山固多奇峰，今采石，即石刻亦有损。26日往南安石料厂，经九日山，是处滨晋江，为宋人重阳登高处，固更多摩崖石刻，宛如泰山经石峪，寺庙无存，唯留山石，风景稍逊矣。石料厂自宋以来即开采，产白色花岗岩，今毛主席纪念堂用者亦运自此。开发法尚沿用传统火烧，法简效大。下午与工人开座谈会。厂前巨岩壁立，有古榕倚壁而生，背衬晋江，奇趣横溢，画本也。归时便道看石笋。宋番人刻者。过丰州，有宋幢甚精美，雕刻亦细。27日文化局同志约再游老君岩。参观伊斯兰教墓葬区圣墓，墓三面周以石廊，宋构而修殊甚，近建一亭覆墓，不符体制。有郑和碑，郑崇奉伊斯兰教。墓区下有明丁姓教墓，汉回合制，其雕刻用莲瓣，工整足为明刻之代表作。洛阳桥名满天下，今以新桥覆其上，已失旧状，余云今日观闽南宋元长桥，泉州名大，莆田实存，须两者参看之。牡蛎固基之法，闽南独存。午后至郊区调查民居，真五花八门，古今中外之大成。而解放前所建侨居，画栋雕梁，几疑为同光间（1862—1908年）物也，须细察其若干做法已露晚近形式，否则上当矣。闽中古建存旧法极多，考古者须审慎。同善寺大殿在市区小湖之滨，与湖亭同为晚近之作而结构极精。亭之顶内部仿佛如祈年殿者。28日上午市设计室叶禽泽翁与潘福受君来谈泉州石建筑情况，复同看中国银行、外贸公司两工地。天骤寒，单衣不胜。饭毕复至开元寺细察勘东西二宋石塔，西塔早于东塔，而仿木结构视东塔为忠实，石梁皆凿成月梁形。忆前六日清晨为此塔摄影，旭阳普照，细部历历，及今思之犹绕方寸。东塔一层有记云：明万历甲辰（1604年）地震，丙午修塔，总理财役者为僧弘本，木工为吴文盛，修塔不载石工，亦多不解，似木工经管其事者。闻建塔时以铜液灌之，存疑。29日冒雨登瑞象岩，浓雾笼山，清流激湍，罕遇者。像刻于宋，有题记："大宋元祐二年（1087年）岁次丁□众造释迦瑞像。于其年十一月二十七日讫工。劝首□□□□中吴奕赵政施主。"观此则此丈二巨像，施工为期近一年。石屋传为明建，非也。午后步行至寓所附近手工业厂，木偶像制作极好。翌日于博物馆作报告，承文化、教育、城建三部分领导及同志倾听，余最后赠诗："青山如画水如油，绿满春江忆此游。我爱闽南风景好，泉州未必逊杭州。"主客皆欢，兴尽握别。文管会主任许谷芬及王洪涛翁有诗赠别。下午偕陈仲光同志赴厦门，卢茂村返福州。劳泉州诸同志相送车站。在泉州开元寺得遍观弘一法师遗物遗著，其律己之严，治学之谨，足为楷模。晚岁书法静入化境，浙人马一浮书受其影响，然终差一筹，所谓境界高低也。

5月1、2两日留厦门，厦门城市若上海，不同者岛城而已。曾游鼓浪屿登日光岩，"五一"游人如鲫，烈日照衣，颇觉疲困。访郑成功纪念馆，啜茗其间。再至厦门大学参观鲁迅纪念馆，晚观焰火。明日庄为玑翁来，旅邸畅谈古泉州港半日，去集美未果，仅前日车行一过。

3日晨车赴龙岩，龙岩山区也，以产烟名世，少时见长辈所吸永定皮丝烟即产是区，与泉州之老范志神曲（中药），留下五十年之印象。午后抵城区，休息于地区招待所，四山环抱，一溪贯市，气候较凉爽，街道一如泉州、厦门，皆筑骑楼。第二天动身上古田，地势益高，车行万山中，越峻岭，于坦道边见红旗招展，青年列队，古田会议遗址在焉，正"五四"佳节也。纪念馆同志来迎，稍坐会谈，山茶浮香，啜小杯，闽地旧俗，即今尚沿之。下午参观古田会议会址、红四军军部、政治部、后勤、军医诸遗址，徒步溪边，瞻望群山，真金汤之地，而当时艰苦岁月，星火燎原，万千思绪，涌现心头。除古田会议会址为宗祠外，余皆民居，其与他地不同者，大门开于西首，未识何因，有别常规。晚开座谈会。余建议遗址修理原则应整旧如旧，当时环境尽量少起变动。承采纳。次日去蛟洋观另一革命遗址文昌阁，阁建于清乾隆年间，外五、内三、下二层四边、上八角。底层为殿堂供文昌。二层系厅堂，为宴会之处。三层为阁，既供神又起瞭望之用。厅堂施正规梁架，上施覆水椽，此种做法唯在皖南见之。二层前施翻轩，一如厅堂常状，三层顶立中柱，下以柁梁承之，年久柱略悬，人以为悬柱非也。柱皆贯二层，互相交叉构成之。稍前为苏家坡，亦革命遗址。途中见溪上架廊桥，木构，下用卧桩，以悬臂梁承之，形式结构皆好。午后古田廊桥摄影，此桥为革命时期重要建筑。闽地三合土旧法除加糯米浆外，另加糖渣，亦就地取材，增坚强度之法。木材做旧以茶汁加乌煤、牛胶、石灰，或用粟壳水。6日返龙岩，傍晚参观毛主席故居，正在修理中，原为大宅花厅部分，厅建于乾嘉间，雕刻作夔龙纹，华丽工细，梁架之瓜柱间结构严密，实可宝也。其旁邱宅建于晚明。7日至永定观土楼，大塘角王宅文翼堂以土楼环厅，正中后部大楼高四层，每层皆铺砖极坚牢，燕巢、蝙蝠满楼，当地人爱之而不驱。蝙蝠粪为植菖蒲盆栽之最佳肥料，拾若干归。屋建于十九代，今二十七代矣，犹聚族居之。中午观坎市方楼。饭后越重岭，观丰田圆楼，建于二十一代，今三十三代。高陂上洋大队之大方楼为陈姓遗经堂，陈为巨烟商，楼为十六代建，今二十三代，完整如新，其气势动人心魄。大方楼前有门屋及两翼侧屋，入楼四周各二十五间，用内廊，中有厅堂一组，以廊缀楼。土墙厚如人高，曾经炮弹炸药，皆无动于是楼。虽时近傍晚，徘徊留恋，未忍遽别。而处处土墙深檐黄墙（间有刷白者），衬于青山白云间，其色彩造型之美，宛如宋元仙山楼阁图，余于车中吟成："仿佛仙山入梦初，自怜老眼未模糊。流风已逝宋元画，如此楼台岂易图。"记行而已。

闽西南及闽南住宅之平面，基本手法为三进（后进为楼），加两"厝"（又称"护厝"，旁屋），"厝"东西向。泉州两厢称"榉头"，侨居每以亭出之。后屋称后尾。莆田称三进五间六扇，六扇者六厢也，福州亦以三进为主。闽南建筑则多红砖红瓦，与福州稍异。

龙岩城郊姑妈庙以歇山重叠为顶，高下相间，造型多变化，为国内孤例。永定高陂天后宫，下为殿堂上状塔式亦罕见。8日清晨乘火车回福州，先一日地区文教局钟局长来话别，是时又专人派车送至车站，于心殊为不安。火车沿江、越涧，闽中山水饱览尽矣，一日之程自朝至暮，峰峦出入，云烟变幻，平生难得佳景，而溪流险激，滩石峥嵘，崖壁矶濑，处处醒目，益助我叠山之构思也。晚十时到福州，仍寓西湖宾馆。次晨观博物馆新出土之南宋墓女服，其图案皆为宋写生花，真院本也。女裤一为开裆，二为两裤脚开缝，三满裆，皆紧腰，内尚有绣花月经带，其裙正背面两叠旁单层。衣二，式作窄袖广袖，此今日仅见之宋服实物，其特征如此。或云古时女无裤，马王堆女尸即一例，其后有裤而开裆，不开裆者谓之"穷裤"。墓主为宋宗室，十六岁嫁，次年死，葬福州西湖附近。宋人晏小山词："今春玉钏宽，昨夜罗裙皱。"可证。午后偕曾凡、王铁帆等至宫巷观林则徐宅（其子购入者），有小园，古榕甚茂。池已填，假山亦危。宅西为林婿沈葆桢宅，原晚明唐王衙，宅为原构，内壁有明砖雕獬豸，惜为涂抹。皆三进。附近尚有二三明宅，规模仿佛，已残。乌塔为福州最古建筑，建于五代，中为石柱，石级置柱内，加外廊。七级八边，已用铁器加固。晚间王铁帆招饮。10日专车去鼓山，雾中寻山，观摩崖刻，信宋人题壁之佳也。山间前有新移北宋陶塔二，秀美如杭州闸口白塔，国宝也。陶塔孤例，曾凡方分写陶瓷史，嘱为分析建筑部分。林觉民宅久访不得，终于傍晚才见，惊喜交迫，回思童年读烈士绝笔书，垂老尚能背诵。此后街之屋终于见到，花厅小轩尚存，低回流泪；轩外疏梅无存，花影难再。闻夫人于烈士殉难后一年即故。后人今客漳州。于博物馆得观绝笔书，笔法秀畅，书于手帕上。据云，难发后次日太夫人于大门缝得之，久藏林家。建议保存此残宅作纪念馆。11日午前罗孝登翁来，福州大学教授、老友，七十四矣，阔别十载。饭后，博物馆邀余作报告。晚登车返沪，灯火中别榕城。12日夜至北站。

此行乃中国科学院约余分撰《中国建筑技术史》，得有机会做调查，至于有关所得皆写于是书中。闽中承各方照拂良多铭感，临行博物馆坚请再作闽北之游，上武夷，观仓库藏品，俾于古建古物共为商榷鉴定，奈归期已逼，交稿日近，此缘图诸来日。

1977 年夏

鲁苏记游

　　1973年6月，因国外进修教师来同济大学建筑系学习，其主要研究对象为我国古代艺术，予任其事，为布置参观项目，遂与路生秉杰于是月10日发上海，11日抵济南，经聊城，绕泰安，登岱岳之巅，复去长清观宋塑，留曲阜一周，过金陵、吴门返沪，已7月11日夜矣。为期一月余，所见可志者聊书于后。

　　济南神通寺在郊外柳埠，四门塔为我国建筑史之重要证物，其建造年代过去认为东魏武定二年（544年），盖据佛像题记也。今适在修缮，见拆下顶部石板阴面刻有"隋大业七年（611年）造"诸字，则确切建造年代也。过金陵以此告星野（卢绳），星野愕然，因渠尚持此塔必早于武定二年之论。

　　神通寺山麓，新移来四方石制小唐塔，极精，尤以四角雕龙石柱，玲珑可爱。墓塔区之元代墓塔，有砖砌山花，细部与木构建筑几无大距离，为研究元代木构建筑极好旁证。

　　乘自行车上九塔寺，寺距神通寺十余里，驱车上坡，时值中午，汗流如雨。塔方于前数年修竣，友人范征一主持之。塔下有一唐残石刻莲瓣，凤凰生动遒劲，为极难得之作品。已告市博物馆移神通寺文物室。鲁省古代石刻特多，此其一端耳。文物陈列室有一唐滴水，古代瓦器最少滴水，殊可珍也。

济南博物馆，建于1940至1941年间，有题记于屋基，仿北京王府，以新材料出之，雕梁画栋，廊庑围绕，闳畅明静，亦言近代建筑史一重要实物也。

济南多泉，近于泉区叠堆假山，新意层出。济南附近产石，石尚存透漏之姿，唯稍粗健耳。此种石料由市区至柳埠途中屡见，为山水冲洗而成者，丁丁之声不绝于耳，皆称上选。因经数年来之实践，渐知石文石理之道，成品已趋自然矣。大明湖进口一区，虽略逊黑虎泉，亦楚楚可观。趵突泉进口最劣，谓出自苏州韩生之手，盖南匠不熟悉此石之性，率尔为之，不足观也。

15日去聊城，有韩兰舟及任保敬同志作陪，汽车午抵聊城东关。此行主要为修理明构光岳楼事。午后登楼，鲁西平原历历在目。关于光岳楼之勘察，已有专文详述（刊于《文物资料丛刊》第2期），此不复赘。

堂邑距聊城四十里，文庙大成殿以予鉴定，为明构，经清乾隆时重修。屋脊琉璃极细致工整，犹为明时旧物。

仪门情况亦仿佛似之，梁架未见，盖为顶棚所掩也。其前古柏虬枝夭矫堪入画，碑楼仅柱为明时物。

聊城杨氏宅及海源阁藏书楼已夷为平地，今建招待所，予即居于是处。文化馆出示海源阁旧照，宅系当地四合院平面，阁为三层，皆建于清道光间（1821—1850年）。

自聊城去泰安6月20日也，晨发午至。途经黄河大桥，为新建，工程甚巨，以钻探所得岩石置于桥畔亭中以作纪念，使览者知创业维艰，法至善也。

岱庙规模严整，其围墙门制，犹是宋金旧规，观未毁前照片，颇似宋"清明上河图"之城楼。正门三洞，加左右者计五门，气势雄伟，原构为明重建。角楼外观，变化亦多，惜今无一存者。岱庙最古建筑当推此门宇，心向往者三十余年，卒不及见矣。

天贶殿为岱庙之主体建筑，清官式做法，壁图巨幅，其绘制年代，诸说纷纭，以予所见当属明代，其人物衣冠仪仗等姑勿详考，即图中所示明代交椅一端，其上限绝不能超此矣。鉴定古物首先观其气，究其风格，然后察其细部，尤以建筑器物部分特征最显，其漏洞皆存于是处，作伪者绝无此细微精审之力。即为古本所临，其结构组织、细部花纹，亦不能一一无不周之处。文物部门，于古画不能审定年代者，予以此法共同进行商榷，得以解决其真伪年代。

岱庙宋碑极佳，尤以碑座雕刻，几与宋《营造法式》无二致，惜不能起梁公思成于九泉，共同赏之，以补其所编《宋营造法式图注》也。犹记其生前因是书屡屡嘱集资料，其情宛似目前，今则人天永隔矣。

予懒于登山，所经名山多矣，如仅属名胜，则望山而已。但爱古建筑若性命，有之则山虽高，峰更险，亦必奋勇以上。泰山因碧霞祠一组建筑，遂使我扶杖登临。同行中有张建新老人，六十九岁矣，今之杨惠之也。其塑像独步鲁中，今犹供职泰山管理处。泰山气势正如杜甫所咏"会当凌绝顶，一览众山小"，概括尽止矣。少时读清人姚鼐《登泰山记》"望晚日照城郭，汶水、徂徕如画，而半山居雾若带然"句，此境界终于得之。以此语秉杰，渠兴奋极赏不已。

碧霞祠建筑殊紧凑，因为山巅基地受限制也。而能以精美工整出之，以少胜多，亦我国古代建筑佳构。据明《武宗实录》："正德十一年（1516年）七月甲申，东岳泰山有碧霞元君祠，镇守太监黎鉴请收香钱，以时修理，许之。"予最欣赏二铜碑，明万历四十三年（1615年）及明天启五年（1625年）所制。允推明代小型碑之极则，

114

为研究明代手工艺及碑制之重要实例，万历、天启二碑虽风格一体，而细部手法微有差异，以此相较，其嬗变殊为清楚。

泰山风景点予最爱斗母宫与普照寺二地，以其处境幽景深。予谓景露易，景藏难，好风景不必一一显于目前，须略做搜寻，其趣味当隽永多矣。

泰山麓之古代明堂基，紫江[①]朱先生启钤曾告予，清季建津浦铁路时，工程队曾取其基石筑路，石甚巨。其言可据，先生当时任建造津浦铁路北段总办也。

泰山游罢，鼓余勇去长清，人云不至长清非真游泰岱也，以其景色各擅其长，而予则非重景，实慕灵岩寺宋塑罗汉与宋构辟支塔也。

启千佛殿得观宋塑罗汉四十尊，惊喜交集，无一受损，驻当地空军维护之力也。予于国内古代塑像，此为印象最深而最难去怀者。其气韵神情，面容衣褶，无一不似宋画所示，其为北宋之作无疑。予谓遒劲中不失秀雅，周密处不容藏针，洒脱处尤贵法度，此其与唐塑明塑显然不同之处。

千佛殿斗拱雄大，出檐深远，乍视之几认为唐宋遗

---

① 今贵州开阳。——编者注

构，实则木构为明建，清代修葺甚大耳，人信为明代之作似仅观题记也。据谓千佛殿梁间有"时大明万历十五年（1587年）岁次丁亥九月初八日，德府重修"题记。屋脊兽吻为明物，甚精。山东清构往往有置大斗拱者，若不细审梁架及细部将有差之毫厘、失之千里之危。忆二十年前至曲阜，其时正兴修周公庙，斗拱皆在新制，规制一如元代，如略疏忽几为所骗。甚矣，鉴古之难也！近年愈审慎，愈感此道之不易。杜甫所云"老去渐于诗律细"，考古又何独不然耶。长清寺所遗宋础固精，终不及吴县用直保圣寺者，盖雅秀略逊。慧崇塔为唐构，单层四角，其左右两侧虚门刻妇女掩门，该制屡见宋墓及宋刻，此则唐例也。唐门钉之制复见此塔，可珍也。慧崇塔前又有形制相似之宋塔，墓前有倾倒石罗汉像一，当予入塔林时，为此像所夺目，其为宋刻无疑，与千佛殿罗汉几同出一臼。

辟支塔八角九层，其平面结构与定县料敌塔、海州海清寺塔相同，北宋通行砖塔之一种做法，其顶部二层略异，与刹干同为明修也。一层外廊砖刻天花（平棋）有球纹、丁香纹、六角勾片等。二层有写生花。今海清寺塔天花已不存，此与料敌塔者同为宋天花可贵证物。斗拱有圆栌斗者。上层因层低地位狭，无法置直上梯级，遂如赵县广胜寺明构琉璃砖塔之法，梯层反跳复上另一梯级，当地呼为"鹞子翻身"。昔梁公思成调查广胜寺塔初见相惊，此则早于明代矣。塔一层外壁嵌有宋嘉祐二年（1057年）二月二十三日立石一碑，碑为横式，四边线刻花纹，上刊捐助造塔人姓名"施工人崔克明二十日"，意即参加义务劳动二十日，亦罕见者。

五华殿残存柱石线刻极精，与河南巩县①北宋诸陵者同为研究北宋线刻之可贵实物。

建新老同志虽年近古稀，途中语我，发愿修葺千佛殿宋塑，以尽其余年，诚可钦佩。

长清产柏，虬枝纷披，皆堪入图，而生命力强，尤为特征，固盆栽极好品种也。移植时可脱泥去叶，入盆速活，一二百年之老株，服盆亦为时甚暂。

留长清一日，1973年癸丑6月23日也。

1953年曾随新宁刘士能（敦桢）师同赴曲阜勘察古建，今日重到而师已下世有年，不胜今昔之感。自兖州至曲阜今汽车畅达，市容日繁，昔者油灯夜宿，今则宾舍整洁，一别二十载，建设至速也。

车甫下，崔绪贻同志来访于宾馆，崔今任文管会主

---

① 今巩义市。——编者注

任，原副县长兼主任。娓娓与予谈孔庙、孔府、孔林事，当"文化大革命"始，某校学生拟"破四旧"，涉及"三孔"，地方群众不同意，赴京与北京某校学生会师，"请示"陈伯达，陈贼曰孔像可毁，孔陵可掘，明清碑可碎，唯建筑不能焚之黑指示。遂成立讨孔联络站，数以千人来曲阜，先开学习班，再讨论如何破坏方法（张建新老告予，渠亦被迫自泰安来此参加）。首毁国务院重点文物碑，次以孔像游街，然后以火焚之，其他七十二贤之像无一幸免。孔庙所存乐器孔服几亦全部焚尽。孔府所存宗谱及若干图书文物，大车载造纸厂。孔陵被发，周公墓亦波及，盖以周姓，别存阴谋也。周予同以研究经学历史著世，被揪至曲阜游斗一次。崔控诉陈伯达罪语多愤慨。

曲阜城今列为保护单位，孔庙、孔府前国务院重点文物保护单位石碑屹立。大成殿正在彩绘中，诸碑按原位树立。工人同志发挥其热爱祖国文化之一片热心，予感受甚大。

孔庙诸建筑，其建造年代确为金元者，其柱础皆为覆盆，明清建筑全为古镜。而过去梁公思成疑为元构者，其柱础则为古镜，似须作进一步之探讨。

大成殿雕龙石柱当为明制，有人疑为清雍正时物，

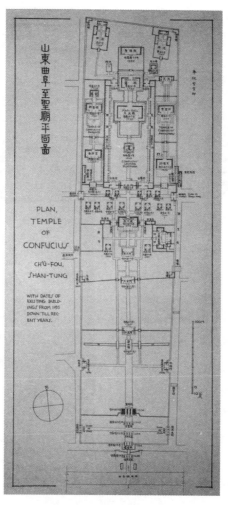

梁思成《山东曲阜至圣庙平面图》

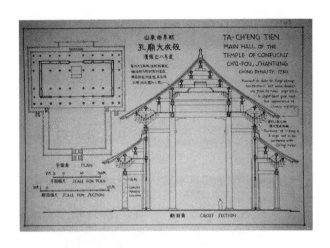

梁思成《山东曲阜孔庙大成殿》

此石刻之鉴定，即不征文献，证之实物在孔庙极有条件，以明碑及雍正诸碑雕龙比较，泾渭自分，因皆有确切纪年也。登明构奎文阁，高阁凌云，处其境有古画楼阁之意。

孔林前二北宋刻石人，侧首修身，神态生动，较巩县宋陵者为佳。

车行五十里至尼山，孔子洞已近毁。孔庙踞山巅，绕以略近圆形之围墙，建筑错落有致。昔季思同志于《文物》撰文谓建筑明构，似待商榷，其实皆清建也。山柏树成林，面临水库，风景沟美。尼山书院在庙左，有"尼山书院"四字一明碑立门首。小小四合院，为晚近之作。

洙泗书院在孔林东北，为一大四合院，亦晚近所建。明石坊残存书院四字。

予此行最留心者为孔府各建筑之年代，因此府为我国最大之封建第宅，除北京诸王府外，其与江西上清天师府为南北并存著名住宅建筑。1964年夏曾往天师府调查，写有专文（刊于《科技史文集》第2期），已作考证。此处对明构作初步论断如下：大门大木构件基本为明代。垂花门为明代，极精。大堂减柱造属明构。退厅脊步用义手，举折平缓，当为明建。前上房亦用义手，构架犹为明物。其前内宅门低小，柱头卷杀明显，确属明时物。西路红萼轩予下榻之处也，明构。东路家庙前堂（其前有月台）今作木工间，实为极简洁之一小型明构，且变动少，与红萼轩同一类型。雀替瘦长，具明代特征显著，为曲阜诸明构之冠。避难楼系砖楼，似为明构。两路诸建筑均有极好装修，惜今改招待所变动至大，亦间有损失。安怀堂又名九套间，其中装修至精，为西路之冠，洞房曲户，体现我国传统建筑内部分隔妙技。似系仿自北京故宫及中南海者。前者已俱拆改。东路沐恩堂红木夔龙一罩，为清乾隆时较典型之作。一贯堂后宅内部分隔未动，置小楼、小梯，梯因地位限制，踏步作三角形，实为罕例。花园为清光绪间（1875—1908年）所重筑，其体例几与北京后期王府花园同一手法，伧俗无足观。花厅内一乾隆时雕夔龙罩，颇工整。

过金陵，遇星野，星野婿于孔氏，其外舅家居孔府之九套间后，今八十余岁，尚能谈孔府后期兴建事，若堂楼之建，花园修筑犹及见也。已嘱星野笔录之。（星野同志生前任教于天津大学建筑系，已于1977年8月去世。）

颜庙建筑，其年代清构较少，应速予修缮，否则倾圮有日矣。正殿建筑殊可玩味，以宋柱础之位置立清式之梁架，不得不支柱林立，以补救结构之弱点。

过金陵，匆匆与童寯老人、星野、叙杰等一聚。抽暇去孝陵，大红门、四方城等已修，皆据去秋予所提计划行之。留二日南归。苏州市文管会函促予一过，遂至吴中遍查古建园林。旧地重游，深感亲切也。

甪直名塑，十九年前以塑像所在地保圣寺天王殿修整，曾扁舟前往，今则汽艇三小时可达。名塑依然，予则冉冉老矣。重对塑像，顿增新见。昔岁予疑像北宋人之手，拙见得文物部门之采纳（《文物参考资料》1955年8月《甪直保圣寺天王殿》）。今再从塑壁而言，益证予说之可信。塑壁山石真北宋荆、关之笔也。唐人绘人物有独特之功，而于山石尚未成熟，今传唐人山水可证。山水之法至五代北宋始备。塑壁山石气势之雄健、浑成，实一幅北宋人山水也。至于所塑之水纹，用笔遒劲生动，唯宋画中见之。以此语同行者谢翁孝思，深同管见。谢翁工画，久任苏州文管会主任。其后顾颉刚先辈亦和鄙见。

甪直观许宅明代假山，时距返棹之时甚近，鸠候启门者心至焦急，今宅早毁，假山经颓垣断壁间，有峰硕秀。曲身入洞，洞简而幽，上施横石条承重，其结构类苏州五峰园者，确为明时物。今五峰园将圮，五峰将移至拙政园。苏州其他明代假山如艺圃、小林屋均已毁去，明代假山日益罕见矣。近闻常熟燕园渐损，而扬州秦氏小盘谷则早毁。戈裕良遗构则仅苏州环秀山庄一处较完整。戈氏筑洞不施横条石钩带大小石，诚累石一大发明，观环秀山庄假山可证。苏州怡园之山洞虽构于同治、光绪年间，但亦用此法，可知顾子山父子营园时之不苟也。

苏州灵岩山宋塔待修，予受江苏省博物馆及市文管会之邀，与秉杰、宫伍二生同登塔，塔原为九层，明时毁上二层构顶部，今与瑞光塔之顶同属较陡，非宋时旧物也。其平面为八角，而内部则为圆形，宋塔中罕见者。下层回廊存宝装莲花柱础，堪与甪直保圣寺者相互媲美。

瑞光塔下原存各式宋础，今皆亡矣。省博物馆蔡述传同志告我，常熟方塔发现宋砖，高三十厘米，阔四十二厘米，厚八厘米半，上镌佛像，有"时大宋端拱元年（988年）戊子岁五月五日"题记，"匠人司马恩"题名。此塔予屡至，以其修理亦与秉杰同往。

（1980年3月24日录，时距前游又七年矣。用此以纪念梁思成、刘敦桢二前辈并卢绳同学兄。）

湘游散记

　　1975年8月，应湖南省博物馆之邀，至长沙讲古建筑鉴定课，并对保护单位作一次勘察，留湘一月，同行者陈君秉钊。

　　8月13日午，车发上海，次日十一时抵长沙。炎热蒸人，过江西分宜，适昨晚雨过，田垄依稀，水鸟翔飞，明洁雅淡，空灵秀逸，其境界于此得矣。分宜为明权奸严嵩父子故里，城甚小，原有巨制明代牌坊多座，曩在江西博物馆曾见照，今不知存否？江西风景，其美在溪，映山澄碧，辛稼轩词中多咏之，此时正禾稼苗长，"稻花香里说丰年，听取蛙声一片"。车声隆隆，虽蛙声不闻，而丰收在望，实令人欣慰。将抵长沙，沿湘江而行，望橘子洲头，兴奋不已。

　　午在博物馆晤侯良副馆长，两月前曾来沪，相见之下倍觉亲切。片坐同赴招待所坚请休息。晚赵振武夫妇来，别十七年矣。赵为余生，曾习古建。次日参观船山学社、清水塘。讲课三天，19日至湖南大学，晤杨慎初，渠肺病方痊，坚陪游岳麓山，观唐碑，访岳麓山书院。

同坐爱晚亭中久，此毛主席当年旧游之地，风景信美。今公园扩建，布置可人。湖南大学之建筑，其可留念者，为刘士能师早岁设计之教学楼一座，余知其作今存者唯此与中山陵仰止亭，盖师以史家出此余绪而已。20日午前参观马王堆出土文物，木棺、木椁为研究汉代木建筑之重要资料，他日为文详述。午后省设计院同志来座谈岳阳楼修建事。明日乘车参观马王堆，今三号墓遗址已筑屋覆盖保存，余二墓已回土。此堆面积甚大，尚有未发掘者。是处因疗养院人防工事而发现木炭，省博得讯进行发掘，盖洞自下部横穿故积炭层。橘子洲今可由湘江大桥直达，新筑亭廊，小座望湘江气势开朗，帆樯如画，风景这边独好。第一师范建筑今已全部恢复，工作者具负责精神。按此校建于清季，以日本青山小学全套图纸搬用者，今以残存旧照及发掘遗址基础，并老人回忆进行深入研究方成者。唯附小部分尚有出入，关系不大也，以后容图改进。在此流连半日。

定王台为湘中名胜，今废。天心阁原为长沙城一角，今并入公园内，登阁望长沙，新旧市区概貌，予人以明确对比，歌颂新社会建设成就，保存深具意义。

下午复检看马王堆棺椁并摄影。博物馆出示清季宁乡艺人周义刻黄杨木雕，真神技也。草虫花卉之生动细致，刀法之纯熟洗练，令人不忍释手。齐白石之细笔草虫似受其影响也。周氏名囿于乡里，故知者甚稀。

21日去岳阳，同行者有曾子泉、陈家骅、邹怡，三君皆省设计院同志，邹又吾生也。博物馆为闻道义同志。车中与曾老谈甚畅，皆湘中之旧事新闻。曾毕业于旧中大建筑系，与张镈、林宣同班，原东北大学学生转学中大者，今亦建筑界老辈矣。午抵岳阳，居岳阳楼招待所，天闷热，汗下如雨，饮洞庭君山茗，甘香沁人。午后登楼，楼高瞰洞庭湖，君山远在缥缈中，风帆点点，水天一色，惜在盛暑，如际春秋佳日，乐事当有倍今日。楼三层，为晚清所修建，张照书范仲淹《岳阳楼记》，木刻甚好。23日上午去府文庙，此庙大成殿，前年喻生维国过岳阳见之，告我云为旧构也。此次余经详细勘察，并攀登屋架，观察天花内部情况，其上尘埃盈寸，步履维艰，然心甚甘之。殿为宋建经明清大事重修者。归途一观慈氏塔，塔为八角实心，其建造年代最远不超宋，惜文献无征。日过午，冒暑登岳阳楼，俯身入顶部屋架，天花内高温迫人，下梯如入清凉世界。岳阳地濒洞庭湖，气温高，夜，同人难以入眠，纳凉于楼前，虽明月如水，湖光若镜，而蒸气袭衣，襟袖皆润。至午夜，风静如止，扶倦归宿，汗下仍未能入睡也。该地事粗毕，次晨复至府文庙，流连半日。午后车发直驶衡阳，邹生长沙下车未偕行。晚宿岳屏饭店。25日汽车到南岳，下车后至文管所，座谈后即休息。次晨勘察南岳庙，庙规模极大，四隅皆有角楼，庙前正为市街。以今状观之，变动不大，嘉应门建于明成化间（1465—1487年），年代为诸构之最早者。大殿民国时新建，仍七十二柱，象征南岳七十二峰也。俯望诸峰，层峦叠翠，于雄健中具明秀之感，湘中山水特色也。午后至祝圣寺，寺皆清建，存罗汉石刻甚佳。建筑高敞，具大住宅风貌，盖行宫也。傍晚信步山麓，闲游街巷，山区景色与江南水乡皆各具佳境，予游者寻味。27日清晨候车人多，几至未能成行。至湘潭进午餐，转车长沙。休息一天，偕闻君参观韶山，七时开车，二小时即到。毛主席旧居倚山临池，韶峰遥照，景物朴素，山川明秀，一事一物予人以深刻之教育。余携归岩石一块，永作纪念。其他革命纪念地皆参观摄影。傍晚返，回首依依，举步迟迟。

30日偕秉钊、家骅、闻老凌晨赴沅陵，长途汽车同行丘陵地中，午饭于常德，过桃源见一坊巍然，额曰"桃花源"。傍晚到官庄，海拔已高且为山区，故较凉，身心一爽，小楼面山，水田纵横，颇似数岁前皖南干校之景，凭窗遐思，神往不已。次晨驱车，则蜿蜒盘旋于万山中，朝雾遮峰，旭日照射，云海起伏，变幻莫测，而红光怒发于云间，山石赤紫，其浓丽处须金碧成图，此生何幸得遇此佳景。归途则无复此观矣。湘西产杉，匠家所誉为"广木"者（两湖旧称"湖广"）。其民居有似"干阑"，筑木台周以卧楗低阑，曲尺形者侧屋山花面前。出檐极深，二山多至九橼，梁架皆穿斗式，用料颇费，而依势高下，俯仰有致，流水绕宅，淙淙然有声，与树上流莺相酬答。西人瀑布建筑，徒表新奇，未若此实用经济，适当考虑美观者可比，此皆劳动人民之无比智慧。湘中建筑柱高，屋顶几无坡度，仅少数古旧者尚有之，此间则犹有遗风。抵沅陵站渡水，至文化馆小坐片刻已晌午矣，天热如蒸。宿处隔江为凤凰山，蒋介石曾拘张学良于此，惜当时建筑已毁，林木尚蔚然。

沅陵背山临沅水，故城狭长，龙兴寺在西首虎溪山麓，建于唐贞观二年（628年），规模尚存，历代所重修者，据此望沅水，西溯凤凰，东流洞庭，昔时交通全凭此水，今则公路畅通，往返方便多矣。龙兴寺西抗战中长沙福湘（女）、雅丽二教会中学迁此，筑洋楼数座，今之档案馆也。留沅陵一日折回常德，晚文化局招待观汉剧。4日上大庸，位常德之西北，城居天门山下，海拔八百米，真山城也。天门山峭壁掀天，夕阳返照，森严郁怒，奇险迫人。此地属苗族自治州，近正筑铁路，数万工人斗天战地，工程浩大。而湘、资、沅、澧四水，至此余皆经渡矣。山路之险则视去沅陵更甚。

普光寺今暂作粮仓，正殿及高真阁皆建于明，可列入文物保护单位。其旁之武庙，建于晚清，极高大，四方木柱，其坚如铁，佳材也。6日返常德，人极倦，文化局再招待观汉剧，婉辞。次晨搭汽船赴德山参观明荣定王墓，德山原为土丘，今削为平地，其时墓已露地面，荣定王为万历之弟，墓前室后横列三室，今尚存左右棺座，麻石雕刻极工整。据妃李氏圹志："万历三年（1575年）七月二十二日以疾终，享年二十岁。""万历五年（1577年）十二月初三日葬于德山之原。"该墓今漏水殊甚，已告省博物馆采取措施。

德山今存北宋铁幢，海内孤例。周必大一碑书法精妙，惜残甚。宋绍定元年（1228年）一碑书法平平。8日回长沙，接北京罗哲文函，并知李竹君、祁英涛二君来湘，以人倦未访，次晨即返京，而渠等犹以余尚未到长沙也。留长沙二天，曾去湖南大学谒柳士英翁灵。柳翁为建筑界前辈，1973年7月15日逝世，年八十一岁。省设计院之诸旧日学生来访，陈君大钊十年前同调查江西古建者，谈甚欢。卓荦群英，婆娑一老，余几忘迟暮矣。

拟抽暇答访。

湘博倩余共商若干书画真伪，见何绍基小楷书经，工整颜字，令人拜倒，大家功力，足资楷模。其他湘中名人书牍亦佳，皆具地方特色。11日晨，侯良、闻道义两同志相送，盛情可感，驿站话别，不胜惜别之情。

居小吴门湘江宾馆一周，余所居为旧楼，昔湖南军阀何键住宅也。正楼五间三层，三层楼为屋顶花园，并楼门三间，翼以左右二楼皆二层三间，面对正楼平屋一排，为侍从秘书等所居。楼后为厨房"下屋"等。宅建于20年代，洋楼带廊，左右对称，为半封建半殖民地之典型建筑，研究我国近代建筑史之一实例。长沙自大火后，建筑几全毁，此宅独存。今其前筑高层宾馆，平屋余亲见其拆除矣。

定王台为长沙名胜古迹，在市中，询之几无人能指出，幸省设计院尚有人知之。临行往访之，仅断垣残壁。其前之图书馆，毛主席曾读书于此，今亦夷为平地，恢复较难。

湘南新宁刘长佑、刘坤一两总督府今存，以路遥未往。刘长佑一宅之平面见《中国住宅概说》，长佑为士能师敦桢曾祖也。其家族排行为长、思、永、敦、叙。

江西之瓦薄而大，湖南之瓦亦薄，大犹可解，因雨水多故；薄则殊不明其理。询之子泉、慎初，二君皆湘人，亦支吾以对。予怀疑薄者由于两地土质佳，瓦坯坚实之故。最后，二君云：湖南风小，瓦可轻，但散热快，所以瓦坯不厚。姑存此说待证。

1975 年 10 月

宣城志古

　　1974年8月，应国家文物局及安徽宣城县革委会之邀，赴宣城勘察敬亭山广教寺（院）双塔。2日与喻君维国发上海，经南京，车行外城绕紫金山达中华门车站，明城外郭得周览一饱，诚壮观也。车行雨花台下，此刘士能师埋骨地，望苍苍松柏，为之黯然。回思曩岁同车访古之乐，宛如目前，今则哲人长逝，而我师之墓木拱矣。晚寓芜湖饭店。次日晨访公园之六棱七层砖塔，匆匆上车，十二时汽车抵宣城。宣城为皖南重镇，历来为兵家必争之地，故古建所存无多。而文风殊甚，梅氏为大族，如宋诗人梅尧臣（圣俞）、明画家梅清（瞿山）、清数学家梅文鼎（定九）等，世所共知。《宛雅》所载，尤多梅氏之作也。4日参观城内多宝塔，六边七层，砖制，其最著之特征，乃每边微内凹而非直线，故外观稍具变化。据清嘉庆《宁国府志》："景德寺在府治北陵阳第三峰……寺始晋时，名永安，唐初名大云，开元中改额开元，有水阁东向……刺史裴休延黄檗禅师开堂演法。宋景德中更今名。殿后有铁佛一座，北面右有浮屠多宝塔……嘉靖乙丑（1565年），知府罗汝芳重募修塔，万历乙酉（1585年）……汤宝尹修塔。"（卷十四《营建志·寺观》）证以塔之形制，其为明构无疑。唯顶层经30年代重修，已失旧状。清光绪重修宣城县志所记乃据前志。登城内鳌峰，所谓峰者，实高地耳，上平坦，旧时文庙、府署等皆建于此，凭陵全城，足资远眺，而多宝塔高耸遥接，其后远山层峦，历历如画，城中点缀此塔，为景物生色不少。大凡山城水乡，皆建有塔，盖为一地标识，便利易认方向也。其与入城前大桥，几为江南旧城两重要特征。文庙遗址尚存三孔石桥卧泮池之上，用并列券，小有参错，与池之驳岸皆砌法工整，明构也。旁有一石碴与其下垫之石板连为整体，与附近水阳所见覆盆与石碴相连，其法一也，为他处未见，殆山区石料丰富之故。5日乘车偕县革委会领导等同去敬亭山。李白诗所谓"相看两不厌，只有敬亭山"即指此。广教寺（院）踞山麓，清嘉庆《宁国府志》卷十四《营建志·寺观》："广教寺在城北五里敬亭山南，唐大中己巳（849年）刺史裴休建，佛殿前有千佛阁、慈氏宝阁，相传其材皆萝松，黄檗禅师募之安南，寺后有二金鸡相斗入坎出水，因名金鸡井，材从井出，建刹千间，工竣，余萝松八株，植殿前敷荣如故。别有柏二株，住持僧有禅行异者，即开花数色。

元初御讲僧曰讲，主座下数百人，法堂曰雨华，方丈曰宝华、曰笑华、曰元照；轩曰松月、曰雪堂，亭曰怀李，山门外有桥亭，曰碧莲梵花亭，左右有池曰连珠，多长松灌木，有律海、迟贤、江东、福地诸亭。宋太宗赐御书百二十卷，僧惟真建阁贮藏。郝允李建观音殿，并梅尧臣记。元末尽毁。明洪武初，僧创庵故址，辛未（1391年）立为丛林，详詹应凤《广教志略》。古寺虽墟，两浮屠犹峙于山门前，土人亦名双塔寺，今大殿又废。存石佛殿二进，且就圮。（《乾隆志》）"光绪重修《宣城县志》所载据上志，唯多"松萝木明洪武邑志凡数见，后人沿写作萝松误。又案双塔苏公真迹石刻另见古迹内"等语。双塔四角七层半，木檐，楼阁式砖制，予鉴定为北宋绍圣三年（1096年）建。苏东坡书《观自在菩萨如意轮陀罗尼经》刊于东西塔二层。而东塔一石，其拓本三十余年前予曾得金石家张廷济鉴定加跋定宋拓者，相见之下，惊喜交迫，不意于此得见原石。至于志书所载井中运木一事，与杭州净慈寺运木古井同出一辙，实当时僧人迷信敛财一法也。偶于殿址后得重唇滴水二，皆作波纹，微有差异，断为宋时物，交文化馆保存。次日访城隅龙首塔，七层六棱，砖造，形制殊陋，清乾隆《宁国府志》谓正学书院左绿荫书院建，梅守德有记，殆系所谓文峰塔耶？其建造年代似为清初。7日晨乘车去水阳，旧名金宝圩，固宣城产米区也。一望水田，唐代王维"漠漠水田飞白鹭，阴阴夏木啭黄鹂"正最好描绘。天热如蒸，睹此美景，几忘疲惫。龙溪塔滨水阳江畔，与三层紫藤阁隔岸相对，形成极好市景。塔七层六角砖构，叠涩出跳，上施短木檐。相传建于吴赤乌，实则为明塔无疑。其刹冠风磨铜制宝顶，外呈绿色，朴茂可观。证以南京明构报恩寺塔，其顶亦为风磨铜，而兹塔已毁，今尚能于龙溪塔见到，亦快事也。午后四时抵县，计程往返百四十余里。8日阅志乘。次晨去山区溪口，陆程七十里，车行坡道，达溪口殊凉爽，旋即持杖登山六里至朝天洞，烈阳迫人，喘息为难，俯视群山，峥嵘竞翠，盖皆泾县山区境也，闻其地茂林古建者多，石坊林立，达四十余座，秋间期往一观。下山复参观公社梯田。啜高山新茗，极甘香沁神。10日与县有关部门开双塔修缮座谈会。11日告别宣城至芜湖转轮船抵南京，寓下关旅邸。明晨登去扬州汽车，途以车祸，留六合四小时，午后三时到站。晚晤扬州城建局朱懋伟同志及耿刘同，刘同友人鉴庭子也。留扬州二日，曾至平山堂观新建鉴真和尚纪念堂，忆1963年夏偕梁思成前辈同留该地一周，协拟纪念碑，同商纪念堂设计，垂爱之情，难以去怀。今先生已长辞，而华屋初成，低回堂下，唏嘘久之。院中绿化未就，管理处询予意见，建议植白皮松四株，周以树池。必要时更衬以大型盆栽，随时更换。隙地可墁砖或铺石，北京团城其为最好典型。15日回沪，濡笔记之。

1974 年 10 月

端州天下闻

　　写得出来的是文章，写不出来的也是文章，甚至还是好文章。如果写了出来自己看看更觉痛快，自我陶醉一番，这是人生最大的安慰。写不出来呢？酝酿在胸中，比十月怀胎更心焦。我深幸这次游了广东古称端州（今肇庆）的鼎湖山与星湖，归来后又深悔去游了这两个地方。引起我这样的感觉：有时来一下阵痛，以为小孩可出世了；但一会儿阵痛又渐渐消失，孩子仍在母体中。因为风景之美、人情之厚，使我无法来表达它，一直拖到今天。

　　在端州近一周，临行，当地建筑学会要我谈谈对鼎湖山与星湖的看法。在开始，我朗诵了两首小诗："湖边照影动清愁，老去何堪忆旧游。不信异乡为异客，分明山色近杭州。""南船北马半生游，论水评山我欲休。莫把燕支污玉璧，淡妆西子誉端州。"我是生长于六桥三竺间的湖上人家，当然饱餐了西子湖的秀色。但是近年来，西子渐渐地换上了西装，仿佛出洋才回国似的，每次回里，总觉得很陌生，有点不敢去亲近她，不料星湖小住，勾引了我淡妆西子的旧梦。我是游过瑞士日内瓦湖的，却不希望西湖"出国留学"向国外先进看齐，祖国的大好湖山自有其独特的风貌，它永远是教育中华儿女热爱祖国的现实老师。星湖是美丽的，她的美不仅仅是七星岩，最关键的是端州的四围山群，七星岩如果没有四面群山来衬托，没有了"借景"，那七星岩孤峙水中，还有什么余味呢？风景不能孤立地来谈，"横看成岭侧成峰"，要面面有情，万一今后环湖建厂，四山开矿，其后果就不堪设想。七星岩将要变成花鸟商店出售的玩意儿了。

山容水态，岚影波光，清晨起来，我独自倚遍栏杆，浅吟低唱，在朝晖淡抹的平湖上，我暂时没有听到烦嚣的录音机，扰人的大喇叭，唯闻松声鸟语，遗世忘机，澄澈空明，感到真正的美就是自然，她毫无做作，没有虚伪，在这天地间，山呀！水呀！鸟呀！……都是一片天真。风景也好，处世也好，脱离了真，即使道貌岸然、红粉朱颜，也多少笼罩着一层伪装。风景规划，在于怎样来处理这自然的景色，而保其天真。如果我们将一个村姑扮扮成为一个艳妇，那又有什么意思呢？山与水相映成趣，七星岩涌出水中，山麓有洞，洞中有水。参错弯头，隐约石矶，都证明了这些景观的特点。如果再说得明白一些，要保持其自然特色，必须注意山与水的关系，它们两者是相依为命的。遗憾的是，我们"好心肠"的工程师，在岩下兴建了公路似的交通道，使山不见脚，水失其源，总有些怪他们落笔太直率。星湖本来是应该以舟游为主的，我凝望着这照眼的明镜总思量着，为什么"如斯好水面，不见漾轻舟"呢？

岩有七，它并不是排排坐、个个站，而是参差错落地安排在镜面似的湖波上，因此水的变化多了。但岩并不大，如果将大而无当的大量建筑物压在它们身上，不但破坏了这个地方的山水，而且蟾蜍岩简直像真的蟾蜍了。

游了鼎湖山，归途与唐天培同志缘径随溪下山。石壁森严，石峰嶙峋，比七星岩更为雄健，而细雨霏霏，溪流淙淙，寂静的山蹊里泉声、雨声有些难分。经过补山亭，顿觉豁然开朗，回首来时故道，则万松如盖，深幽莫测，幽明对比，在此立一亭，不能不信前人选点之高明。这里飞水潭的瀑布，听说很是可观，可是要寻找它，却又不很容易。人稍倦，小隐亭内微闻水声，待出亭则轰然巨响，别有天地，万丈空明，其下一泓清泉，山光、水色、松涛、水声。这时所受的感觉，与在亭中，真是动静顿分。鼎湖山两景，其成功皆出于一亭之隔。

端州天下闻，因为端砚是我们文化人必用之物。这里的山石质好、石形美，真是掇山的最好蓝本。而随处可见的摩崖刻石，不论在鼎湖山，在七星岩，其石刻之多足与泰山抗衡。从唐代李北海，清代袁子才，一直到今时的一些名贤题字题名，真可称得起一座石刻博物馆，它将文化与风景结合了起来，使游者有景可观，有文可读，有书法可欣赏，那是世界各国所没有的。加深了我爱端州，更无形中产生了我是中国人的自豪感。也使我进一步对风景区的建设产生了更具有重要意义的认识。

1982 年 5 月美国旧金山归写

蜀道连云别梦长
——忆张大千师

"石湖泛舟清宵永，蜀道连云别梦长。角技当前谁主客，大风（大风堂，张大千画室名）梅景（梅景书屋，吴湖帆画室名）两堂堂。"二十多年前苏州徐绍青同志要俞子才同志画了一张《石湖泛舟图》，请前辈吴湖帆先生加了题，要我加跋，我便写了这首诗，因为徐、俞两同志都是吴湖帆先生（江苏苏州人）的高第弟子，而我则随张大千先生（四川内江人）有年，当时吴先生老病，张先生久客海外。复记得那时徐悲鸿先生在日，和我商量争取张先生回国，此诗是在这种情况下写的。事又隔了这么长一段时间。

前年冬赴美国纽约筹建大都会博物馆中国庭园"明轩"，满以为可以遇到阔别多年、鬓发全白的张老师了，可是又那么不巧。当我到纽约的第二天，吴湖帆先生的大弟子王季迁先生在他家招待我，问起张老师近况，他说已离开美国了，我黯然者久之。王先生家庭是完全民族风格，着中国式上装，与我娓娓谈他家乡苏州事，临行相互赠画，我面对着这位七十多岁的中国画家，触景生情地写了一首诗赠他。因为王先生夫妇皆洞庭山人，又久住在苏州，所以我这样写道："洞庭长爱鱼莼美，吴下名园最忆君。愿乞他年终老约，白头还写故乡春。"他看了此诗，沉默了很久，一个久客异国的华人，多少还时时想念着他"生于斯，长于斯"的故土呢！当我回国前几天，他又设宴饯行，更显露了他的乡思。

在纽约，张老师是没有会见，可是我三十年前的女学生，诗人徐志摩的子媳张粹文，依老的习惯说，她是张老师的小门生，他们却常见。因此一个晚上我去她家，几乎谈话全部集中在张老师身上，不但看到他的近作，作画时的相片，同时还有很多在国外印的画集。他虽远客重洋，画中题跋还歌咏黄山、青城山等祖国大好河山，更绘了很多祖国名贵的花木。他穿一身传统的中国服装，持杖，足迹遍欧美、日本，为中国在海外争了艺术之光。

从张老师的身上又想到了苏州网师园。在30年代网师园分居着三位名人。住宅部分是叶恭绰先生所居，叶先生是著名书法家。花园部分是张老师与他二哥善子先生住着。张老师的画室就是殿春簃内的这间书斋。当时网师园年久已损，一个旧社会的画家亦无力修理名园，在这小颓风范、丘壑独存的名园中，却画出了很多精品，尤其我们称呼为二老师的善子先生，养虎于此，其画虎名作《十二金钗图》即作于此。抗日战争开始，全家将内迁，移虎出园，陋巷中从人力车中滚下跌死。这是张老师亲口告诉我的。

网师园本是名园，可惜知道的人不多。我因与叶恭绰先生为忘年交，二位张先生又都是老师，所以对这园存在着深厚的感情。解放后每入此园，人去楼空，辄低回不忍去者久之。到1958年夏，我建议苏州市市长李芸华同志要急行修复，蒙其同意。当时的园林处负责人秦新东同志是一位勇于任事、精通业务的好干部。这年国庆节网师园终于开放了。当我重到此园，心情格外激动。叶恭绰先生远在北京，我告诉了他此事。他填了一首《满庭芳》词，内有"西子换新装"句，可惜张先生却无从知道。他如果晓得的话，将一定与叶先生一样，会用美丽的辞章彩笔来描绘其旧居的。后来我又将殿春簃推荐移建到美国，非出无因，这园确是经名画家、名诗人题品过的名园上选。

我与网师园的山石建筑结下了深厚的感情。每当夕阳西下，我盘桓于殿春簃前，花影粉墙，引我遐思，常常想到"无可奈何花落去，似曾相识燕归来"之句，远客无恙，必可重来。遥祝这八十二岁（1899年生）的老翁，他日倚杖园林，重写湖山，我想当为期不远了。

1980 年春日

在美国朋友家做客

去冬11月，正是小阳春天气，我踏上瑞航班机，碧海青天，万里晴空，经过了三十二小时的飞行，到达美国的纽约。这次是应美国纽约大都会艺术博物馆之邀，为该馆筹建中国庭园而去的。在美期间，通过了设计方案，勘察了现场地形。两国人士本着中美正在发展着的友谊，很顺利地达成了协定。归国后，在那里的种种，常盘旋在我脑海中，现在就来谈谈在普林斯顿大学美国朋友家中做客的点滴。

在去普林斯顿大学的前一天，名建筑师贝聿铭先生邀我们到他家。他与我有点戚谊，又是旧知，在他市内滨纽约河的住宅中，畅谈了半天。他的精致楼房向阳的一面用整块大玻璃，将户外之景，全部组织了进来，高梧荫翳，杂花可人，若不是远处高楼，正仿佛到了他的家乡苏州，坐在那花厅内了。我们啜香茗闲谈，欣赏他珍藏的紫砂器物、名画法书，不知日之移晷。向晚同驱车上彭园晚餐。那名厨师彭君的一手湖南菜，真名不虚传。他是受知贝先生的，因此这天的菜肴特别出色。

普林斯顿大学是美国一所最著名的私立大学，校址在纽约附近的郊外，有小冈，有湖，有丛林、草地，好鸟时来，鸣禽得意，风景洵美。我在访问期间，会见了那里的建筑系、美术系与中文系的三位主任。美术系主任方闻教授夫妇是中国血统的美国人；中文系主任牟复礼是在中国上大学的美国人，夫人陈效兰女士原是地道的扬州人。大家正如"他乡遇故知"一样，分外亲切。晚间在方家做客，方闻教授傍晚就亲自驾车来接我们。进入初冬的校园，一抹残阳，斜照于林间，霜叶若醉。远远地望见一幢洁白的楼房，汽车转入小径，方家到了。方夫人唐志明女士已在门口相迎。走进以纯白色为主的大会客室，壁炉熊熊地在燃着，正向客人发出红光，分外鲜丽。墙上挂着八大山人的一幅行书，古香袭人。此外，室内还随便点缀了一些小摆设与盆栽。这些都表示了主人的美术学者身份。方闻教授邀了牟复礼教授夫妇作陪。牟复礼教授的北京话讲得很漂亮，很标准。我们虽在美国，但围炉话旧说今全是乡音，无异国之感。因为兴趣所好相同，谈话就有了共同语言。我们畅谈古画鉴定，讲古代的诗词，在和淡的灯光下，喝着红茶、牛奶，境界十分静穆恬适。谈话中也涉及到一些他们的生活，知道教授住宅皆是独院，宅内包括会客室、餐厅、卧室、书房等等；尤其会客室特别大，因为平时有很多学生要求讨论学术，周末或来小聚。夫人大多数在家庭主持家务，闲下来画画或做点手工艺品，作为辅助生产。方夫人能画，她是无锡人，烧了一桌家乡菜，还添上宜兴砂锅。虽然她离开中国已三十年，但乡音未改，乡菜能烧。那天他们特别兴奋，感到祖国派人来造庭园带来了极大的温暖。因为这项工程，从最早方闻教授委托我经办，一直到这次初步开始筹建，大家已有了很长一段时间的交往，并不陌生，话越来越多。这晚谈得很迟，依依而别。凉月半弯，疏星依稀。临行牟复礼教授夫妇约我明午在他家小酌。

　　第二天因为方、牟二教授邀我去画点画，所以方闻教授很早将我们接到牟教授家。他家与方教授家同样坐落在丛林间，各具特色。在美国，大学用各式建筑点缀了校园风光，无一处雷同，真是观之不足了！牟家四周环以翠竹，木墙柴门，叩扉可入，其屋皆木制，庭前牡丹、芍药花坛，无异重入扬州。李白说"烟花三月"，可惜我来已是初冬了，花事早过，那种竹影摇空、姚黄魏紫、绚烂若锦的景物，未能享受得到。会客室摆全套明式红木家具，悬挂中国画，桌上整齐地放着线装书，这些也正代表着一位外国的中文教授的身份。我十几年来久客扬州，与扬州有着深厚的感情。那天牟夫人以三丁包、炒干丝等扬式菜点享客。她乡音很重，谈笑风生。牟教授是扬州快婿，显出了一种奇妙的表情，仿佛作为一个中国人的半子亦引以为荣。有时，我真不敢相信身在万里外的美国，还能有此祖国风味哩！中美两国文化交流，便在此琐细的生活交往中，亦蕴藏和包含着深厚的感情。

　　饭罢握别，正细雨浥轻尘。方闻教授送我们上机场，归程回首，远远地还望见方闻教授夫妇和牟复礼教授夫妇在不断挥手，人影东风，我则自此行矣。

1979 年春

148

卓荦还须弱冠争

——记上海市松江方塔公园大殿作者

松江北宋建造的兴圣教寺塔，俗称方塔，前几年已修整完毕，恢复了它的原貌。春秋佳日，每一登临，乐事从容。同时方塔公园正由同济大学建筑系主任冯纪忠教授主持设计兴造中，旧城新貌，相得益彰。在塔的东北面，正在移建一座大殿，用以陪衬方塔。这殿是从市内河南路桥天妃宫移建过来的，既保存了古建，又增加了公园内容，一举两得，确是好办法。我因为参与塔、殿工程，常常有人问起我这殿的历史，我想和大家谈谈这殿的由来与其兴造经过，对现在向"四化"进军，青年们努力攀登科学高峰，有其现实意义。

这殿是清末苏州香山匠师贾钧庆师傅二十四岁时所主持建造完成的。因为他的儿子贾林祥师傅，与我算是忘年之交。他晚年供职于苏州苏南工专，我在该校兼课，认识了他。因他又介绍了他的师兄顾祥甫师傅到同济建筑系来工作，这两位都是名匠，我对他们事之如师，的确学到了很多东西。如今这两位老师傅与世长辞了多年，每一忆及，很是难过。我从贾师傅口中更知道了这门大匠的家世。

贾钧庆，江苏吴县香山人，父耕年，业木作。生于清咸丰十一年（1861年），活到1954年，寿九十四岁。方塔公园的这座大殿建于清光绪十年（1884年），是他青年时代的作品。这不能不使人肃然起敬。我每徘徊于此殿之下，思绪很多，龚自珍的"虽然大器晚年成，卓荦全凭弱冠争"那两句诗，不期而然地又低吟了起来。贾钧庆师傅不但自己从年轻时代起勤劳一生，在苏南地区建造了大量建筑，同时，与《营造法原》的作者姚承祖先生都是香山建筑的传人。"名师出高徒"这话对贾钧庆师傅来说，亦是名副其实。他的儿子林祥师傅，又是一手好手艺，除了所营造的房屋外，他晚年手制的建筑模型，现在还陈列在西安冶金学院建筑系。他的大师兄顾祥甫师傅，真名不虚传，如今知道的如苏州天赐庄江苏师院的六角花篮亭、上海和平公园的旱船，都是他的作品。他花时间最多的、最精心的要算浙江南浔庞氏宜园的建筑，可惜已经全部荡然了。喜幸的是他晚年手制的模型，在"十年浩劫"中总算保存下来，依然陈列在同济大学建筑系，我天天能见到它，它也时时在教育我。

我现今的年龄，正与我向贾、顾二师傅学习时候他们的年龄相若，时光是过得那么快。逝者往矣，但老一辈总是把希望寄托在我们后一辈人的身上。我有责任将这一段史实记载下来，这对纪念先人、勉励来者是有意义的。

含泪中的微笑
——记陆小曼画山水卷

　　1965年4月3日，陆小曼去世于上海华东医院。她生于1903年农历九月十九日，寿六十三岁。临终时将《徐志摩全集》的一份样本，一箱纸版，以及梁启超为徐写的一副长联，一张她自己画的山水手卷交我。我接受了这些东西，含泪整理了一下，将徐的全集送了北京图书馆；梁联及此手卷交给浙江博物馆，在联四边还请俞平伯先生题了一诗。这时还不知是"十年浩劫"的前夕，后来总算都保存了下来。可惜的是那全集的纸版，我归还了徐家，已在抄家中失去了其中一册。虽然在事前我已与何其芳同志联系好，要寄北京文学研究所保存，但徐家在时间上拖了一拖，遂遭劫运。

　　最近，我到浙江省博物馆又见到了原件，真是悲喜交集，往事历历，顿现目前。这张几被人忘却的画卷，又撩起了我多少的感触。小曼与徐志摩结婚后，住在上海，拜贺天健为师学画。这张长卷是其早期作品，她的山水画秀润天成。后来晚年渐入苍茫之境，过去赠我的几张确是精品，可惜已成乌有了。她是常州人，书法是有其乡贤恽南田的味道，皆是才人之笔。这张长卷，除原画外，可珍贵的倒是它的题跋，计有邓以蛰、胡适、杨铨、贺天健、梁鼎铭、陈蝶野等诸人手笔，如今都不在人间。留下这个最后写跋，为此卷安排归宿的我，在这秋高之下，披卷怃然，感情是沉痛的。

在这卷中的几个题语，从今日而言，不论人的地位及其内容，以及存世之稀，都是值得珍视的。这画是作于1931年（辛未）春日，志摩于夏间携去北京，托邓以蛰先生为之装裱。装成，邓为加跋说明之。胡适在其后题了一首诗："画山要看山，画马要看马。闭门造云岚，终算不得画。小曼聪明人，莫走这条路。拼得死工夫，自成真意趣。小曼学画不久，就作这山水大幅，功力可不小！我是不懂画的，但我对于这一道却有一点很固执的意见，写成韵语，博小曼一笑。适之，二十（1931年）、七、八，北京。"这诗充分地表现了胡适在文学上的一个观点，是没有发表过的一首诗。杨铨（杏佛）接着又题了一首诗，与胡适唱反调开展了学术讨论，诗是："手底忽现桃花源，胸中自有云梦泽。造化游戏成溪山，莫将耳目为桔梏。小曼作画，适之讥其闭门造车，不知天下事物，皆出意匠，过信经验，必为造化小儿所笑也。质之适之、小曼、志摩以为如何？二十年七月二十五日，杨铨。"这诗是志摩从北京南返，在南京中央大学授课，杏佛先生在南京，志摩常去他家。在这年11月19日坠机死于山东之日，前晚还在杨先生处，留的一张纸条，是徐志摩的绝笔。后来杨先生将它装裱了，用乾隆贡纸写了一个跋，我曾经见到过，并抄了全文。（现在仅存有一副本，写在北京图书馆藏我写的《徐志摩年谱》上。）在此诗中，杨先生提出了不能过信经验，有他的卓见。中秋节在沪，陆的老师贺天健先生题了一首绝句："东坡论画鄙形似，懒瓒云山写意多；摘得骊龙颔下物，何须粉本拓山阿。辛未年（1931年）中秋后八日，天健。"这是针对胡先生的论点而发。梁鼎铭接着在题词中说："……只是要有我自己，虽然不像山、不像马，确有我自己在里，就得了。适之说，小曼聪明人，我也如此说，她一定能知道的，适之先生以为何如？……"也表达了一通自己的意见。陈蝶野的一段较长的文字中，记着："今年春予在湖上，三月归，访小曼，出示一卷，居然崇山叠岭，云烟之气缭绕楮墨间，予不知小曼何自得此造诣也。志摩携此卷北上，北归而重展，居然题跋名家缀满笺尾，小曼天性聪明，其作画纯任自然，自有其价值，固无待于名家之赞扬而后显。但小曼决不可以此自满，为学无止境，又不独为画然也。蝶野。"题后又画了一张猫蝉小幅，写了"两部鼓吹""蝶道人戏笔"诸字。在这画上，标示了画于1931年春，那是小曼二十九岁。

志摩这时在北京大学任教，同时又在南京中央大学、上海光华大学兼课，南北来去匆匆。11月19日晚，因他的好友林徽因在北京协和小礼堂讲中国建筑艺术，他急于去京参加，从南京起飞，坠机于山东济南。而这一张手卷随带在身，准备到北京再请人加题。谁知物未殉人，居然留了下来，小曼一直保存到她死。我接受了这件遗物，在卷末写了一点说明："此小曼早岁之作品。志摩于1931年夏带至北京征题，旋复携沪以示小曼。是岁冬志摩去京坠机，箧中仍携此卷自随，历劫之物，良足念也。陈从周。"我藏得志摩遗物，十年中散失无存，此卷又经过浩劫，重见此"历劫之物，良足念也"八字，心情真是难以笔墨形容。如果那时我没有送给浙江博物馆保存，恐怕今天也不知劫到哪里去了，总算我做了一件对得起前人的事。"含泪中的微笑"，我此时真深有体会啊！

1979 年写

法源今古多诗人

　　去年曾在北京作了一天小游，真是忙里偷闲，闲中有忙。赵朴初先生要我去京时看一下法源寺的修缮工程，这是准备1980年4月日本奈良招提寺森本孝顺长老奉唐僧鉴真法师的座像，前来中国"探亲"。法师的莲座将设在该

鉴真像

寺的净业堂里。记得1963年鉴真逝世1200周年，我与已故的梁思成教授，在6月间前往扬州大明寺筹建鉴真纪念堂、纪念碑，其情宛如目前，而今梁先生已下世九年了。

　　法源寺是北京名刹之一，以丁香负盛名。清代许多著名文人、诗人、学者，都喜欢住在这里，如黄仲则、何子贞等，而名人诗集中屡屡见在此寺中的唱酬之作。近数十年来，法源寺因诗人而再一次名动中外的，那是1924年春，诗人徐志摩陪印度诗哲泰戈尔来欣赏丁香，徐曾在树下作诗一夜。徐的老师、梁思成的父亲任公（启超）先生，在秋天集了宋词以八尺宣纸写了一副大楹联，用来纪念此事，赠给徐志摩。书作北魏体，笺用朱丝划格，谨严古朴，在梁书中推为上选。1965年春陆小曼去世，临终前以志摩遗著及此联赠我，我收了后请叶圣陶丈重书一联，原件当即转送了浙江省博物馆保存（遗著交北京图书馆），如今到杭州还能见到。

　　联云：

　　　临流可奈清癯，第四桥边，呼棹过环碧
　　　此意平生飞动，海棠影下，吹笛到天明

　　集宋词制楹帖，此颇隽逸，写似志摩，想见陪竺震旦（泰戈尔）泛西湖及法源寺丁香树下一夜也。甲子七月既望启超作于北海松馆（松坡图书馆）。

此事在梁启超著的《饮冰室诗话》附录这样写道："我所集最得意的是赠徐志摩一联……此联极能看出志摩的性格，还带着记他的故事，他曾陪泰戈尔游西湖，别有会心。又尝在海棠花下作诗做个通宵。"

此联在我处时，俞平伯先生见之，欣然题了一首绝句："金针飞度初无迹，寄与情遥绝妙辞。想见诗人英隽态，丁香如雪夜阑时。"题为"题随月楼（我的书斋名）藏梁任公集宋人词句赠徐志摩长联"。俞诗与联一起都归了浙江博物馆，又添了一位名学者诗人与法源寺的因缘了。

1980 年秋

记徐志摩

世事沧桑五十年，渐盈白发上华颠。
遗文佚史搜堪尽，含笑报君在九泉。

泪湿车窗景转迷，开山斜日影低垂。
招魂欲赋今谁笔，有子怀归在海西。

诗人逝去知何许，倦鸟投林尚有藏。
南北那存清静土，硖川无份况开山。
（硖石又名硖川）

今年春天，我从山东淄博市开会南归，车经济南市附近党家庄车站，党家庄三个字触动了我，五十年前诗人徐志摩就是在这车站附近开山（小地名称"白马山"）坠机惨死的。我详细审看着山势，想得很多，车轮擒住轨道，轰轰地一直向前驶，不知道是车轮，还是光阴，渐渐地看不到开山山脉，吟了这三首小诗，总算是五十年后尚有这个小弟弟在怀念着。

徐志摩像

志摩的一生，我在1949年8月为他编印出版了《徐志摩年谱》，及时地记录了下来，但毕竟是年谱，因为有关体例，若干事是写不进去，更有许多是他死后的事，如今有必要来谈一谈。

我们叙述志摩的生平，家庭关系对他来讲，有应该说明的必要。志摩父申如先生，是我妻蒋定的舅舅，又是我嫂嫂徐惠君的叔叔，我是由我嫂嫂抚育成人的，因此有着双重戚谊。申如先生活到七十三岁，比志摩要迟去世十三年。他是一位民族资本家，思想比较开明，在本乡浙江海宁县硖石镇 [①]，除了主持经营了旧式的徐裕丰酱园、裕通钱庄、人和绸庄等外，最重要的是创办了蚕丝厂、布厂、硖石电灯厂，还有双山习艺所等，在浙江与上海的金融实业两界，也参加了一些事业，他任硖石商会会长的时间较长。硖石是个米丝集散地，商业繁盛，要振兴地方必先开发交通。本来沪杭铁路是过嘉兴直接南向杭州，该路的兴建是商办的，申如先生是集资股东之一，他力争要铁路东弯路过硖石，当时地方上一些落后保守势力，坚持反对这种做法，曾经结队捣毁过他的家，但是铁路并没有因此而改道。今日硖石已成海宁县

---

① 今海宁市硖石街道。——编者注

治、沪杭线的重要城市，工商业日益发达，是与铁路交通分不开的。

志摩是长孙，又是独子，老祖母与母亲又疼爱他，但为父的申如先生，对他教育没有放松，从小即送到杭州去念中学，接受新式教育，毕业后去北京上学，又送出国深造，在当时来说思想还是维新的。

志摩少年，真可说书生意气，挥斥方遒，少年的文笔很像梁启超先生，无怪后来拜门为弟子。在硖石开智小学求学时，写过《论哥舒翰潼关之败》的短论（文见拙著《徐志摩年谱》）。不但古文写得好，书法也秀劲，不信出于一个十四岁的小学生。他书法学北碑张猛龙，有才华，自存风格，在近代文学家中是少见的。在杭州府中学（后改第一中学）时，又发表了《论小说与社会之关系》《镭锭与地球之历史》，思想是前进的。最重要的一篇文字，是我从他堂弟崇庆那里得到的。1918年夏出国留学时所写的《徐志摩启行赴美文》，白报纸用大号铅字排，印成经折式的启文，后来我把它全文刊入《年谱》中，成为海内外研究志摩的重要资料。激昂慷慨，真是一个爱国忧民的热血男儿。文中如"耻德业之不立，遑恤斯须之辛苦，悼邦国之殄瘁，敢恋晨昏之小节？刘子舞剑，良有以也。祖生击楫，岂徒然哉？""时乎？时乎？国运以苟延也今日，作波韩之续也今日，而今日之事，吾属青年实负其责"之句。到了美国，在日记上写着："大目如六时起身，七时朝会（激发耻心），晚唱国歌，十时半归寝。日间勤学而外，运动、跑步、阅报。"当第一次世界大战结束，日记上又写着："……方是时也，天地为之开朗，风云为之雾色，以与此诚洁挚勇之爱国精神，相腾嬉而私慰。嗟乎！霸业永诎，民主无疆，战士之血流不诬矣。"正写出了那时一位爱国留学生的纯洁心胸。他对梁老师是崇拜的，日记中屡屡提及："读梁先生之《意大利三杰传》，而志摩血气之勇始见……而先生之文章亦夭矫若神龙之盘空，力可拔山，气可盖世。"这对青年志摩是起很大影响的。这些早年的日记，记得是1947年我在徐家（上海华山路范园徐宅，此屋是志摩殁后所建，以前所居之屋为借张家的），与志摩离婚的夫人、后来志摩父亲认为寄女的张幼仪在聊天中，她从抽屉中拿出一张志摩签名照与两本用连史纸毛笔写的本子，上面写着《志摩随笔》《志摩日记》，前者下署"谔谔"两字，她对我说："你拿去吧！你对他有感情。"其中一部分是信稿，如上梁先生书之类，一部分是日记，再有一些是读《楚辞》与《说文》的札记。他骈文写得很好，可惜无传，从这些笔记中看出他是下过功夫的。我曾将这两本中较完整的片段整理了出来，刊登于上海报刊上，以及引入《年谱》中。原稿惜已不存，如今还保存了几页白纸残页，每一展及，辄为黯然。

　　志摩爱朋友若性命，他死后有人说他是"人人的朋友"，对家人、亲戚亦非常热情真诚。其交游之广，一方面是与家庭有关，他父亲是有相当社会地位的，接触面广；另一方面亦由他自己个性使然。我曾经作过不完整的统计，真是"士农工商""贫富咸宜"，这些广阔的交游中，对他的创作是多少有些关系的。他用硖石土白作的诗，动用了他家乡下的农村词汇，他住在硖石东山三不朽祠时常与要饭的一起抽烟谈天，请他们吃饭。他在性格上既存有很多旧道德，也充满了外来的新思想。虽然后来在婚姻问题上，父子间有了隔阂，但对老人家，还是尊敬的。他蔑视做阔少爷，宁愿提着皮包，南北奔走，过着清贫的教书生活，钱不够用，也不向父亲及老家要，以至于乘不花钱的飞机而送了命。当噩耗传到他老父时，申如先生凄然叹道："完了！"这两个字中包含了父子间几多复杂的感情啊！此后内外之事都交给了张幼仪去管，希望寄托在唯一的孙子积锴（幼仪生）的身上。

　　志摩的朋友中，有比他长一辈的。他敬爱姑丈蒋谨旃（钦颋）先生，志摩称他为"蔼然君子"，向他问学，回到硖石每天总在姑母家。谨游先生从弟百里（方震）先生，虽然与志摩同为梁启超先生门人，然总用百里叔或福叔称之，私交极厚。友人叶公超的伯父恭绰先生，林徽音（因）父亲长民先生，以及蔡元培、章士钊、张宗祥等诸先生，都是既尊敬又有友谊。尤其林长民先生之死，他那篇《伤双栝老人》真是天下哀挽文极则。1934年11月林徽音从浙江宣平与梁思成同北返，归途火车停硖石站，"凝望着那幽暗的站台，默默地回忆许多不相连续的过往残片……如果那时候我的眼泪曾不自主的溢出睫外，我知道你定会原谅我的"。写下了《纪念志摩去世四周年》一文（写于1935年11月19日，发表于1935年12月8日天津《大公报》），同为千古绝唱。她又建议要设"志摩奖金"，来继续鼓励人家努力诗文的意志。童寯后来告我：1931年秋志摩到沈阳东北大学，与思成、徽音一二日小聚后，南归不久便坠机丧生。诗人短命，如拜伦、雪莱、济慈，都不过活到二十六、三十六之间，也并非夭年，实文学史上令人怆然一段。《纪念志摩去世四周年》一文中提到她过硖石，那年思成到浙江宣平看元朝古庙，夫妇俩在上海和赵渊如（深）、陈直生（植）与我见了面，竟日盘桓，她总是谈笑风生，滔滔不绝，一次突然哑口无声，直生问："你怎么不讲啦？"她答：

"你以为我乃女人家，总是说个不停吗？……"可证她经过志摩家乡与志摩埋骨地后的心境，促使其以后写出那篇名作。志摩的两本英文日记，徽音告我她一直保存着，她死后，我问思成新夫人林洙，说是遍找无着。如果她女儿梁再冰拿去，但愿仍在人间。小曼死后交我的那一批凌叔华写给志摩的信，系用仿古诗笺来写，笺上画着帘外双燕，书法是那么秀逸，岂仅文字之美而已。志摩死前晚，在杨铨处留条，是为最后遗笔，杨为精裱并加长跋，小曼将原件照片给我，惜今已失，唯文字已录入我编的那本藏在北京图书馆的增订本中。这些足证其友朋之间的交谊，胡适、闻一多、张奚若、梁思成、金岳霖、杨振声、梁实秋、张慰慈、徐新六、郁达夫、蒋复璁、张歆海、杨铨、余上沅、方令孺等的关系，在他们写的哀挽的文章中，都表达了真挚的感情；比他小一辈的学生，如卞之琳、陈梦家、赵景深、赵家璧、何家槐等，在志摩培植下，皆成为知名的学者或文学家。而与沈从文谊兼师友，受他的一手提拔，如今八十高龄，每与我谈及往事，辄老泪纵横，我怕触动过多，常常"王顾左右而言他"。他为我所编写的《年谱》，在志摩后期的生活中，作了一些补充，过誉了对这书的评价，说在材料与编排上，下了极大的功夫。如果那时不收集整理，现在已无法编写了。

志摩不乞于富贵之门，在当时他的亲戚朋友中，着实有些阔人，他前妻张幼仪的两个哥哥张君劢与做中国银行总裁的张嘉璈（志摩与幼仪结婚时，张嘉璈任督理浙江军务朱瑞之秘书），以及部长朱家骅、蒋梦麟，次长郭有守等。蒋梦麟任教育部部长，聘他当司长不就。而另一方面，胡也频烈士在上海龙华就义，沈从文与丁玲乔装夫妇结伴去湖南常德，他冒了危险资送了全部川旅费。他有正义感，爱真理，爱好人，有诗人"赤子之心"。

志摩在国际学术交往上是频繁的，他被选为英国诗社社员，"笔会"中国分会理事，印度老诗人泰戈尔与他最是忘年之交，还有英国哈代、赖斯基、威尔斯，法国罗曼·罗兰等等。他自己曾写道："我这次到欧洲来倒像是专做清明来的，我不仅上知名的或与我有关系的坟（在莫斯科上契诃夫、克鲁泡德金的坟；在柏林上我自己儿子的坟；在枫丹薄罗上曼殊斐儿的坟；在巴黎上茶花女、哈哀内的坟，上菩特莱'恶之花'的坟，上凡尔泰、卢骚、嚣俄的坟；在罗马上雪莱、基茨的坟⋯⋯），我每过不知名的墓园也往往进去留连，那时情绪不定是伤悲，不定是感触，有风听风，在块块的墓碑间且自徘徊，等到斜阳淡了，再计较回家。"（《欧游漫录》）这真是杜甫所写的"不薄今人爱古人"。而志摩自己的死与他的墓葬呢？说来也惨。

志摩的死，沈从文知之甚详。他写给赵家璧信中（也有同样的记录给过我），有这样的一段话："记得徐先生在山东遇难，得北京电告时，我正在杨金甫（振声）先生家中，和闻一多、梁实秋、赵太侔诸先生谈天，电文中只说'志摩乘飞机于济南时遭遇难，（张）奚若，（张）慰慈，（金）龙荪（岳霖），（梁）思成等，拟乘×车于×日早可到济南，于齐鲁大学朱经农先生处会齐'，使大家都十分惊愕，对电文措辞不易理解。我当时表示拟乘晚车去济南看看，必可明白事情经过。大家同意，当晚八点左右上胶济路车，次日一早即到达。去齐鲁大学，即见张奚若先生等也刚下车不久，此外还有从上海来的徐大公子（积锴）。据经农叙述，才知道已由济南中国银行一工作人员（陈君），为把徐先生尸身运到，加以装殓，拟搭晚车去沪。大家吃了早饭，即同去城里一个庙里探看。原来小庙是个卖窑器的店铺，院子里全是大小成堆的坛坛罐罐，小庙里边也搁下不少存货，停尸在入门左边贴墙一侧（前后全是大小钵头）。银行中那位上海办事人，极精明能干，早已为收拾得极清洁整齐。照当地能得到的一份寿衣，戴了顶青缎子瓜皮小帽，穿了件浅蓝色绸子长袍，罩上件黑纱马褂。致命伤系在右额角戳了个李子大小洞，左肋下也有个同样微长斜洞，此外无伤。从北京来的几个熟人，带了个径尺大小花圈，记得是用碧绿铁树叶作主体，附上一些白花的（和希腊式相近）。一望而知必思成夫妇亲手做成的。大家都难料想生龙活虎般的一个人，竟会在顷刻间成了古人，而且穿了这么一份不相称的寿衣，独自躺在这个小庙中一角，不免都引起一点人生渺茫悲痛。大家一句话不说，沉默在棺旁站了一会，因为天已落雨，就被经农先生邀回校中。听银行中那个办事人谈了些白马山地势和收殓经过，才知道事实上致命伤只两处，和后来报纸传说全身焚化情形不合。因为当时已商定由张慰慈和徐先生大公子随棺于晚十点南下，其他几位北返，我也在当晚回青岛报告情形。至于徐先生生前那么匆匆南下，又急于北旋，都是在一年后，我到北京时，住在胡适之先生家里楼上（即志摩先生生前住处，胡家中人不敢住），半夜里胡先生上楼来和我说起的。徐南去，主要因小曼不乐意去北京，在上海开支大，即或徐先生把南京中央大学和北大教书所得薪金全寄上海，自己只留下三十元花销，上海还不够用，因乘蒋百里先生卖上海愚园路房子时，搞个中人名义，签了个字，得一笔款给小曼，来申多留了几天，急于搭邮件运输机返北京，则因为当天晚上林徽音在协和小礼堂为外国使节讲中国建筑艺术，急于参加这次讲演，才忙匆匆地搭这次邮运飞机回北京。到山东时（白马山只隔济南二十五里）因大雾，飞机下降触及山腰，失事致祸，一切都这样凑巧，而成此悲剧，不仅当时亲友为此含悲，抱恨终身，以国家言，也是一不可挽救之大损失。"梁思成从济南回北京，捡了志摩乘的飞机残骸木板一块，林徽音挂在居中作为纪念品，直到1955年4月1日林死为止。志摩死的上半年农历三月初六，母亲去世硖石，徽音正在病中，寄给志摩一张她在病榻中的照，背面还题上了诗。他偷偷地给我妻看过。徽音祖曾任海宁州知州，母亲嘉兴人。

志摩殁后葬在硖石东山万石窝，据张幼仪对我说，棺运到上海万国殡仪馆，有人提出重殓，她竭力反对而没有惊动遗体，那么志摩仍是用原殓的服装入葬的。1946年春积锴母子归葬其祖申如先生于志摩墓旁，且请张宗祥先生书碑，文曰"诗人徐志摩之墓"。我参加了这次仪式。之所以延到后来才立碑，因等凌叔华所书碑文不就。1948年冬我最后一次去志摩墓，并拍了一些照，同时他的故居新旧两宅也入了镜头，这些皆刊于《年谱》中。1966年"文化大革命"开始，乡民因为听了误传，说志摩坠机后，头是没有了，他父亲换了个金头，要想挖金子，遭到了暴尸的惨遇。那时他的蒋家姑母，我那老岳母已近九十高龄，尚健在硖石，待她说明已来不及了。其老父之墓，越数年亦被毁。现附近西山白水泉旁的次子德生墓尚在。

写到此使我联想到志摩老友"同学同庚"的郁达夫。我去年到富阳参观了他的故居，达夫长子天民招待我，知道中外的朋友去得很多。志摩硖石故居希望能整理保存，修复墓园，正如他在国外参观名人故居与坟墓一样，能给中外人士流连怀想，也许是件有意义的建议吧！人的感情有时有些莫名其妙，志摩死的那年我才十四岁（实际不足十三岁），正在中学教科书上读他的那篇《想飞》，背诵着"飞。'其翼若垂天之云……我们镇上东关厢……'"等句。从这篇文章带入了我爱好他作品的境界，引起了我翻找家中藏有的其他作品。说也奇怪，不知什么力量，鞭策了我要想将来为他写一篇传记的心。开始时我在亲友中进行些了解，自从我与他的表妹蒋定结婚后（结婚证书上介绍人还是写上徐积锴），与徐家往来更加频繁，再加积锴夫人张粹文随我学画，她婆婆张幼仪亦一起来挥挥毫，经常在他家中。再说小曼，自从志摩死后，渐渐地也只有我这个近亲去看她。我从这两个方面得到了许多第一手资料，如照片、家书、手稿等等。而最可感激的是他堂弟崇庆，他爱收藏，将徐氏家谱、信件、少年文稿、出国启文等都交给了我。志摩堂侄启端手抄的志摩哀挽录我也得到了。这样日积月累，原始资料渐多，再参以书籍、报章上刊有志摩生平的材料，已非传记所能包容，于是排成了《年谱》的初稿，这已是1947年的事了。但发现其中还有许多在编年上不够充实的地方，还需要补充。又访问了许多与志摩有关的人。他的同学大夏大学同事董任坚把收藏的中学、大学校刊出借给我，又做了口头的补充。中学时候的校长钱均夫先生、乡人张惠衣、他的学生赵景深，以及徐悲鸿、李彩霞等皆给我以切实的帮助。晨抄暝写，居然到五月间基本完成，托小曼与张惠衣看了一遍，并请张宗祥先生署了签。在极困难的岁月中付了印，完成了一次感情冲动的行动。不料这书后来流传到海内外，作为研究志摩的重要资料，且海外并据此而重编年谱。幼仪和积锴母子最近收到我写的《年谱》，幼仪从美国来信又说："从周弟：非常感激你，为了志摩的年谱，费心不少，多谢！多谢！"我前几年为纽约大都会博物馆筹建中国庭园"明轩"去美，旅馆正靠近她家，我们见到了多次。每次谈得很夜深，当然其中还是涉及志摩生前身后的事为多。如今积锴也六十四岁了，子女孙辈都在海外，人到了一定年纪，当然有思乡的情绪。回忆我当他解放前去美的时候，我感到他父亲的一些照片，日久要淡色，为了使他在海外永久留作纪念的话，我请胡亚光画师画了志摩头像，并恳张大千师补了衣褶加上了题字，交他随带了去国，如今国外所刊登的这张像，其来源是如此。前几天幼仪又来信说："从周弟爱摩之心，胜过儿孙辈。我去年跌了跤，三个月未出大门……到了八十二岁，就是不跌也有行走困难之事。总算自己尚可料理自己一身，就是不知维持几久而已。"流露了老年人寂寞之感。

小曼1965年4月3日病殁于上海华东医院，她生于1903年农历九月十九日，居然也活到六十三岁。小曼自志摩死后，几乎与徐家断绝关系，从不过问徐家的经济。她公公给她的那张由胡适、徐寄癯、徐新六作证明每月付二百元生活费的笔据也不要了，交给了我去保存，因为她早不去拿钱。她曾去硖石上过志摩坟，作了这首诗："肠断人琴感未消，此心久已寄云峤；年来更识荒寒味，写到湖山总寂寥。"跋云："癸酉（1933年）清明回硖石为志摩扫墓，心有所感，因题此博伯父（徐蓉初先生）大人一笑，侄媳小曼敬赠。"此后，身体很坏，但常对我说想再去硖石上志摩坟。临终前还希望我帮助她葬到志摩墓旁，人之将死，其言也善。在志摩生前，小曼不肯去北京，外间流言多，有人劝志摩与她离婚。志摩说，如果离了婚，她就毁了，完事了。小曼在这点上是感志摩德的。

最后就拿小曼所编《志摩全集》这件事作此文结束吧。小曼在弥留时嘱咐她的侄女陆宗麟，说离世后将志摩的一些遗物交我保存，其中有她编的《志摩全集》排印样本及纸版，梁启超先生的集宋词长联，以及一些她与志摩的手稿，还有小曼自己画的那张山水长卷，坠机时未毁的纪念品，有胡适、杨铨等的长题。我含泪接受了这些遗物，在四顾萧然的房中，只留下了她与志摩当年同写作的那张大写字台，不久此屋就要易主，我悄悄地别了，留下的是"楼空人去，旧游飞燕能说"的寂寞伤感的情绪。我当时在想，这些东西怎么办？如何保存下去，自己留着还不如送给国家保管妥善，我首先将《志摩全集》校阅了一下，写了一段小跋，交给了北京图书馆。纸版本来何其芳与俞平伯想要由文学研究所保存，因为东西已在志摩堂侄徐炎处，他因循未寄，如今十包中已缺去一包。其他《西湖记》《眉轩琐记》及小曼的手稿等亦交与北京图书馆，梁联及陆卷归浙江博物馆收藏。不料未及5月"文化大革命"来到，如果我不是这样做，恐怕今天也都不存了。在"文革"期间我时时忆及它，"四人帮"打倒了，居然仍留人间，我私慰总算对得起志摩、小曼了，"含笑报君在九泉"。于愿足矣！我编的《徐志摩年谱》正由上海古籍书店重版。

1981 年 8 月 3 日写成于同济大学建筑系

附记：

徐志摩的绝笔与杨铨一跋，我抄在北京图书馆所藏的那本我增补过的《徐志摩年谱》中。最近已过录了来，是一件很珍贵的资料：

才到奉谒未晤为怅，顷去（韩）湘眉处，明早飞北京，虑不获见。北平闻颇恐慌，急于去看看，杏佛兄安好

志摩

杨铨跋：

志摩于二十年十一月十九日下午二时在山东党家庄附近之开山，飞行遇祸，此为其十八

夜九时半过访不遇时所留之手笔，当晚去（韩）湘眉处狂谈至十二时始归，翌晨八时即北飞，（何）竞武云（志摩夜宿处）：志摩晨起即赴飞机场，十分匆促，故知所书为绝笔也。二十年（1931年）十一月二十一日铨志。

志摩死后，上海静安寺设奠之外，北京亦举行追悼会，时间是12月6日上午，在北京大学二院大礼堂，追悼会由林徽音布置，鲜花下玻璃盒置残机木条，到会二百余人，主席丁文江，胡适报告史迹，丁氏答辞。北大二院在马神庙。

1981 年 11 月 19 日志摩逝世五十年

往事迷风絮

——怀叶恭绰先生

《书法》第三期，友人黄苗子同志写了《因蜜寻花——叶恭绰谈书法》一文，介绍了已故名书法家叶恭绰先生的作品，叙述了他的论书见解。最近在编《中国美术辞典》会议上，我们议论了叶先生，我的心屡屡难平。叶先生是我的忘年交，他对我的诱导与奖掖，我是至今难忘的。叶先生是近代的知名人士，他博通铁路、交通、建筑、园林、古文、诗词、书画、考古等诸方面的学问，冒鹤亭先生说他的脑子好像一个大图书馆。冒先生是名学者，他是叶先生祖父南雪先生的学生，故说得很是恰当。

抗战前，叶先生居停在苏州，当西美巷凤池精舍未购之前，借住在网师园。等精舍修建成，移入新宅。在苏州时，留心当地文物，诗酒流连，抗战开始，弃宅而走，一旦悄然离去，老怀难堪。1956年冬，我的《苏州园林》一书出版后，次年4月，我在北京，他写了一张字给我，前面有一段小序，序文说："从周陈君，博学能文，近方编志吴门园林，极模水范山，征文考献之功。记洛阳之名园，录扬州之画舫，不图耄齿见此异书。顾念燕去梁空，花飞春尽，旧巢何在？三径都荒，追维前尘，顿同隔世。适承佳楮属书，录杜诗以应，亦聊写梦痕而已。遐翁叶恭绰时年七十又六。"这张用写经纸书的精品，我挂在书斋"梓室"中，一直到"文化大革命"与我永别，幸录有副本，留下叶先生这篇未刊的文字。他别了凤池精舍，已是"燕去梁空，花飞春尽"，投老情怀，旅食香岛。他曾请吴湖帆先生画过一张《凤池精舍图》长卷，又叫我为他这旧宅拍摄照片。因此，他曾写过："此图为湖帆杰作，故七年前来京曾征求题咏，然事如春梦，不复留痕。今春刘士能（敦桢）、陈从周二君北来，述及吴下名园各情况，云：凤池精舍已大异旧观，亭榭无存，花木伐尽，池湮径没，已成废墟，只嵌壁界石（从周按：刻'允文堂界'，曾嘱我为之摄景）犹在，余闻之怃然。盖兴废本属恒情，况早经易主。唯造园艺术本吾国优良传统之一，且群众游赏亦文化福利之所需，今吴门百废渐兴，余终望各名园之能保其佳构也……度二君必有规划也。附志于此，以谂后来。遐翁再志，时年七十又六。"（《题凤池精舍图》）苏州谢孝思先生（贵州人，苏州市政协副主席）说，苏州这地方，不少外地人是那么地对它有感情，叶先生、李先生（印泉）、刘先生（敦桢）诸前辈，以及你与我都是如此。他的话是有感慨的。

178

"孤山鹤送辽空语，往事迷风絮。谁云对酒尚当歌，早起心情休问夜如何？朝来觅得安身境，蝉噪林逾静。等闲过却好春天，花开花落见说是何年？"（《虞美人》）这是1957年叶先生寄杭州张阆声（宗祥）先生的一首词，张先生时任浙江图书馆馆长，馆址在孤山。那时他处境艰难，情怀极坏，这首词中可以看出他复杂的心理。虽然不久恢复了他的名誉，但非若旧时的那种情景。有一次，以一张扇面送我，是他与张大千老师合作的梅竹，梅是叶先生画的，给我留纪念，说其中有三人的交谊在。此扇今又不知流落何处。叶先生住在北京灯草胡同的小宅中，瓶花妥帖，炉香入定，说文谈艺，禅理加深了。与他平时往还的有章行严（士钊）、陈叔通（敬第）、朱桂辛（启钤）诸老先生。朱先生死时，他极为哀痛，花圈下署"旧属"，眷怀旧谊，甚是谦恭，因为叶先生早年曾在朱先生处工作过。

朱桂辛先生与叶先生都对于我国刺绣事业，历来提倡宣扬。苏州缂丝老工人沈金水为朱先生所书"松寿"幅制成缂丝。叶先生见后叹为观止，撰写了一副联交我送沈，联云："知音犹及朱存素；妙技可追沈子蕃。"存素是朱先生的堂名，存素堂以藏缂丝刺绣名闻中外的。那时朱先生已九十高龄，健在，故云"犹及"。沈子蕃是宋代的缂丝名家。这联是由我亲送给沈金水老人的，那时他亦八十多岁了。老辈爱才，令人感动。

　　1958年我建议修复苏州网师园，园成，叶先生太兴奋了，他赋了一首《满庭芳》词，用高丽名笺手书，内有"西子换新装"句。还撰一联挂在殿春簃中，我记得下联写的是"看竹无须问主人"，欣慰着此名园如今归于人民手中了。可惜这些名贵的手迹，皆已片楮无存。他八十四岁那年，从北京寄一副长联来，用精美的玉版笺，写着"洛阳名园，扬州画舫；武林遗事，日下旧闻"，以四部古建园林书名集联赠我，用来策励我今后的努力。这联失掉后，当我从干校回来，请胡士莹先生重书之，如今胡先生亦下世有年，写至此不胜人琴之感矣。

　　叶先生生于清光绪七年（1881年）阴历十月三日，殁于1968年9月16日，那时正"四人帮"横行之时，他的收藏已损失殆尽。后来经茅以升先生申请国务院，经敬爱的周总理批准，遵叶先生遗嘱将骨灰葬南京中山陵仰止亭，题"仰止亭捐建者叶恭绰先生之墓"。亭之设计出于刘敦桢教授之手。后来，"四人帮"一度要毁其墓，曝其骨，幸宋庆龄先生及时阻止，这事是他侄儿叶子刚先生后来告我的。以上这些，都是人所未谈及者。

　　叶先生名恭绰，字誉虎，又字玉甫，别号遐庵、遐翁。广东番禺人。

永康访师记

今年5月间，我应浙江省金华地区之邀，赴双龙洞、方岩及仙都诸名胜区勘察。方岩所在地的永康县有我中学时代的老师。来到这里，怀念老师之情不禁油然而生。五十年来饮水思源，我常常想及胡也衲、王垣甫两位先生。虽然他们早不在人间，但我想故居、亲属及埋骨之处，当能找到的吧。但是，经多方探询，辗转打听，王老师却杳无音讯，十分怅然。

胡也衲先生却还有家人。他是位画家，是我中学时代的图画老师。时隔五十载，他的容貌我今天还清晰地记得：高高的身材，长长的面孔，有点秃顶，戴一副茶色眼镜，不论课堂教学或野外写生，对学生总是诲人不倦，耐心指导。他教画，边改边讲，那时他耳已聋了，因此讲话声音特别高，句句印入我们的脑海中。胡老师尤长国画、书法，我在国画方面是深得他的启蒙与教导的。同时在我前辈的同学中，如叶浅予教授、申石伽画家，亦都是胡老师亲授过的。解放后，叶浅予先生还常从北京给他寄纸，并从经济上接济他。我这次在永康，胡老师的女儿代代要我为她画画，她递给我的那张纸，还是叶先生过去送给胡老师的呢。

胡老师晚岁在家乡永康中学教书，他最爱画大公鸡，画出了"雄鸡一唱天下白"的诗意。他爱饮酒，每每以所画的大公鸡换酒吃，至今永康地方还引为快谈。

我到了永康，通过我的当地老同学童友虞工程师的联系，终于见到了师母。相见之后，感慨良多，我睹物思人，与师母一起追忆了胡老师的生前情况，并问明了葬地。在一个清晨，我们由代代夫妇陪同去扫了老师的墓。那天晓雾湿衣，景物朦胧。我致礼后，默默地站在墓前，脑海中又浮起了师生之间的往事。忆当年，我为他磨墨、拉纸，站在画桌旁往往达二三个小时。看他下笔，观他题字，默默中，使我知道了画国画的许多知识，而此中情趣，更是我永远难以忘怀的。一时，我想得很多……我以后在建筑与艺术上之所以有一些小小的成就，是与他的熏陶和教诲分不开的。墓是在丛葬中，一点标识也没有，我想如果再过几年，怕要认不出来了，一代老画家、老教育家的墓将无法找到。我即提出由我们四个学生（我及叶浅予、申石伽、童友虞）建造一碑，以四个学生名义来树立，由我书写，托友虞承办。这事情就这样决定了下来。伫立墓前，他的女儿代代掩面而泣，我们亦多盈盈湿了眼眶。怀着追念的心情，我们悄然离开墓地。渐渐走远了，我仍屡屡回首，直至目所不及……

我们为老师扫墓这件事，不知怎么在永康县城传开了。当地文教界打算在每年清明节，由老师与学生一起去扫胡老师的墓，把他作为一个终身从事教育事业、对教育工作作出贡献的模范来纪念，同时也鼓舞教育界的同志们为教育事业多作贡献。教育事业是神圣的，师生的感情、师生的关系，是永久的，是高尚的。我们仅仅从师谊的关系上，做了这样一件事，不料震动了当地的教育界，对促进社会风尚产生了一些影响，这实在是始料所不及的。

我想，它至少说明了这样的问题：对于一个为人民做了好事的普通的教师，广大群众是永远尊敬他们、怀念他们的。

1981 年 8 月 1 日写

寻师得师记

1981年8月5日，我在文汇报《教育园地》撰写了《永康访师记》一文。我在文中提到了胡也衲、王垣甫两位老师，因为王先生的下落一点也没有，十分怅然。可是此文流传出去之后，没几天，每日都有从各地来的信，王老师亲友、学生告诉我，王先生还健在，已是八十九岁高龄了，现住浙江金华。8月10日，我又意外地收到王老师的一张近影与王老师口授他侄子受之同志写的一封挂号信，内中说："我伯父看到这文章后，老泪满眶，激动得夜不入寐，嘱我先写封信谢谢你对他的悬念。"我看了照片与信，真是如梦如幻，欣慰与激动的感情相交织，往事历历起伏，一时都涌上了心头。虽然王老师近九十高龄，已非五十年前的那副壮年景象，然而精神还是那么好，严肃中带着慈祥。他的容貌仿佛仍是我做学生的时代给人的印象。

说起王老师真是可敬啊！他是有名的数学老师，从南京高等师范毕业后，似乎不久便到了我求学的那所中学教书，真是勤勤恳恳，诲人不倦。我的数学成绩差，但我至今不抱怨他，而是感激他。他除专业之外，还教了我怎样律己，怎样认真读书、做学问。他那种一丝不苟、清晰有条、负责教书的精神，十分感人。我的老同学龚雨雷同志与我同在一起教书，谈论时大家总是怀念着王老师。他要求严格，练习本上的习题，"＋、－、×、÷、＝"之类，也要用三角板画，不能徒手，学期终了要抄成洁本呈交，然后每题再改正发还。他教的用器几何画，那黑板上的粉笔示范图，多美丽与精确啊！平时晚间，他为我们答疑，往往在他房中（那时王先生的前夫人已过世，他带了长子泽民住在宿舍内），从七时开始，口手不停地讲解到我们宿舍熄灯，真是情真意切。有时他也要骂我们几下，但骂后又孜孜不倦地解答了。他在学校中很有威望，校长程耿先生器重他，教师佩服他，学生称赞他。我们这些十几岁的小青年贪玩，夜间自修，要老师监课。老师是每周轮换的，当王老师值日这一周，我们都很安静。他在一边为学生答疑，仍如他在宿舍中所做的那样，心思专一。而我们呢，埋头看书，动也不敢动。自修课铃响了，他不走，我们也不敢走。最令人难以忘记的是，有一次，王老师有事暂离自修室，而我们呢，一个也没抬起头来，直到下课钟响了，大家才静悄悄地回宿舍去睡。写到此，我想，假如今天能重温这样的美梦，以我们白头师生教学的情景，来示范教学一次，那才真有意思哩！这对当前如何提高教学效果或许有些启发吧。

解放后，王老师在家乡教书，以他一贯的负责精神，1954年在义乌中学（属金华地区）被评上模范教师。1955年调到金华师范学校任教。后来他年老退职了，生活很清苦。然而像这样一位方正严明，学识深渊，对教育工作极端负责的前辈，退休的教育家，如今眼睛不花，耳朵不聋，想来对下一代的教育工作者还能有所指导。我颇希望有关部门能对这位老人关怀一下，这对我们的教育事业是有好处的。

"桃李遍天下，辛苦感园丁。"王老师，希望你在党与政府的亲切关怀下，愉快地度过晚年吧！

1981 年 8 月 20 日写

马叙伦先生论书法

马叙伦先生字彝初，号石屋。浙江杭州市人。是近代的著名学者、教育家，又是一位著名的民主人士，解放后任高教部部长、中国科学院学部委员。晚年整理其旧著《说文解字六书疏证》，以小楷亲写之。书法极负盛名，近捡其有关论书之说，汇为短文，对书法研究具有一定的参考价值。

马叙伦先生论书绝句二十首：

辗转求书怪尔曹，可曾知得作书劳？
好书臂指须齐运，不是偏将腕举高。

近代书人何子贞，每成一字汗盈盈。
须知控纵凭腰背，腕底千斤笔始精。

曾读闻山执笔歌，安吴南海亦先河。
要须指转毫随转，正副齐铺始不颇。

仲虞余事论临池，翻绞双关不我欺。
亦绞亦翻离不得，郑文金峪尽吾师。

柳公笔谏语炎炎，笔正锋中理不兼。
但使万毫齐着力，偏前偏后总无嫌。

笔头开得三分二，此是相传一法门。
若使通开能使转，是生奇怪弄乾坤。

横平竖直是成规，猿叟斤斤论魏碑。
我谓周金与汉石，何曾平直不如斯。

偏计方圆是俗师，依人皮相最堪嗤。
金针度入真三昧，笔笔方圆信所之。

三字尤应三笔殊，须知莫类算盘珠。
纵教举世无人赏，付与名山亦自娱。

书法原从契法传，奏刀起讫断还联。
断处还联联处断，莫轻小字便连绵。

为文结构谨篇章，写字何曾有异常。
布白分间同画理，最难安雅要参详。

意在笔先离纸寸，此须神受语难宣。
无缩不垂垂更缩，藏锋缓急且精研。

北碑南帖莫偏标，拙媚相生品自超。
一语尔曹须谨记，书如成俗虎成猫。

古人书法重临摹，得兔忘蹄是大儒。
赝鼎乱真徒费力，入而不出便成奴。

瘦硬通神是率更，莫轻罗绮褚公精。
承先启后龙藏寺，入手无差晓后生。

名迹而今易睹真，研求莫便自称臣。
避甜避俗须牢记，火候清时自有神。

漫从颜柳度金针，直抟扶摇向上寻。
试看流沙遗简在，真行汉晋妙从心。

六代遗笺今尚存，石工塑匠也知门（魏碑刀法即其笔法。今河南刻工下手即如魏碑，故伪石遂众。余藏有唐高宗辛未伊州塑匠马报远书天请问经，规矩俨然）。

唐朝院手源流远，可惜规定一尊。

唐后何曾有好书，元章处处苦侵渔。
佳处欲追晋中令，弊端吾与比狂且。

抱残守阙自家封，至死无非作附庸。
家家取得精华后，直上蓬莱第一峰。

马先生又有《作书五养》之说：

凡书不独须养神养力，亦须养笔养墨养砚。盖意不靖则神不聚，书时自无照顾，所谓意在笔先者，即无从说起矣。力不养，则作数字后，便觉腰背不济，力不足，即神不旺。砚与墨皆可别储以待，唯笔不然，虽可别储，而方及酣畅之际，遽若胶滞不敏，若易以他笔，又如方得谈友而忽来生客，必叙寒暄，神意全非。然墨亦有难言者，虽甲墨久磨易化，可易以乙，然必磨而待用，待久即宿，故墨磨就即用，则彩色均润而入笔不滞。

读此二节，无异亲聆教诲，先生往矣，犹仿佛如侍几席。马先生早承庭训，父献臣（琛书）先生亦以书名。其书法可直追晋唐，早年小楷，真是铁画银钩。五十以后学米，自谓得力于《群玉堂帖》，故论书亦多引米说，同出是帖。马先生对硖石蒋氏所重刻《群玉堂帖》，曾作高度之评价。其于安吴①包氏《艺舟双楫》亦推崇，所谓"万毫齐着力"者。马先生之书，虽与沈尹默先生抗衡，时人自多公论，犹谦逊谓："余书亦不入某家牢笼，出入自由，今虽无成，不敢自菲，假我以年，阔步晋唐，或有望耳。"

马先生使用文房四宝极认真，砚必洗涤，墨必包存，笔必净悬，池必清水，每晨亲自整理，不假人手。其谓墨最适用者为清光绪十一年（1885年）以前所造所谓本烟者方可用，然仍须质细胶轻。其于笔则有此一说："余近用高丽人某所缚之笔，便觉曩时以为日本制笔较胜于

---

① 今安徽泾县。——编者注

吾国所制者，此又超胜之矣。吾国制笔，以狼毫为最柔矣，然使转犹不能尽如意也。且制法亦不讲究。日本制者，制法较精，而毫并不甚佳。以之模摹晋唐人书，自较吾华制者为胜，然偏于强，故得劲。而使转亦不尽能如意也。高丽所制，余初用者为一寓天津之高丽人所制。由邵伯炯（章）先生代使为之。然仅作中楷、小楷者二种。其后高贞白向汉城永兴堂购来赠余者，亦中楷笔，以余作中小楷时多也。伯炯所使为者，毫色如吾国之所谓紫毫，然细如丝发，柔于狼毫，露出笔管一寸以外，通开及管，而悬肘运指用之，无不如意。永兴堂制者，色近狼毫，而柔过之，用之亦使转如意。凡晋魏名书中许多笔法及姿态，皆可自然得之。故知有不关笔法而实笔使之然者。"20年代京中除书家喜用东瀛笔，若画家余绍宋之画竹，出之日本笔，以其有弹性，亦一时所尚，流风至今未泯，盖以其制法精耳。观此于近时制笔事业容有所促进者。

1979 年春写

《豫园图集》序

造园重在境界，故必先立意，意出而景生，神韵风采存乎其间。上海豫园本明代潘氏宅园，宅园贵清新，初建时必雅淡出之，盖当时造园风格如此。入清归邑庙名西园，遂有所改。再析而为会馆之园，分别经营，立意不同，造景有殊。且乾、嘉之后渐趋华丽，于是顿异前观。因此今日来谈豫园，是明代旧园，经过不同时期重修改造所形成。解放后我们进行修复工程，亦仅能在已存之基础上，加以修整、提高而已。因此豫园现状，可说是各时期园林艺术之综合品。

豫园之精华，首推黄石大假山，此为江南现存明代假山之最巨者，出名匠师张南阳之手。张以画家而业叠山，所构多丘壑之美，一涧中分，清泉若注，而面水楼台，倒影清澈，以余流绕万花楼下，花墙间隔，水院深幽，顿使山绵脉而水衍流，园虽小而境无穷。

假山雄健，复有三绝之胜，石壁、飞梁、平桥。石壁森严，飞梁临涧，平桥缘水。因山势而作层次，高下相间，错落有致，遂觉水弥漫多不尽之意。波光潋影，凭阑舒展成图。

豫园建筑多乾隆后筑，高敞轩举，华瞻为他园所不及，而龙墙蜿蜒，工艺特精，以当时会馆建筑与园林相结合，则可称代表之作。足说明在一定之历史及社会条件之产物。故研究今日之豫园，必要作全面之分析，始有正确评价。至于玉玲珑之硕秀、内园小池之隐碧等，则各臻其妙，宜其览者自得之。

是书成，以我粗解该园，属为序，因赘数语，游者手此一册，可动观作导游，静观作坐游，两全其美。它若存一园之史实，扬祖国之文化，其功非浅，我亟望于国内名园，皆能步趋，此书开风气之先，寄意尤深。

1981 年秋于同济大学宿舍

《西湖古今谈》序

"楼外楼头雨似酥，淡妆西子比西湖。江山也要文人捧，堤柳而今尚姓苏。"这是郁达夫先生《咏西子湖》诗。看来似乎风景之美，有很大因素需要文人渲染出来。其实他的本意不仅如此，因为湖山洵美，本是客观存在，而只有通过文人，将它描绘出来，更加亲切有味，引人入胜。他们有学问修养，能较深刻地撷其精华，有思想感情，容易触景生情，情景交融，华章始出。所以我说看风景游名胜，不是吃喝玩乐，而是高度的文化享受。这样必须具备一些游的知识，然后履其地，所得游兴更非一般了。

西湖之美，古来多少题咏名篇，遍传人间，多出于文酒之会，或啸舒于六桥三竺之间，流风所及，自成佳话。我虽久客他乡，每谈西湖诸咏，辄为神往，因为移情最力，流传最久，莫过于文字。

申屠奇同志居湖上，成此《西湖古今谈》一书，以清新之笔，述湖山之胜，史迹现状，言之娓娓，多醒目亲切之感，"把江山好处付公来"的宋人词句，一时多体现了出来。我曾经说过，风景区无文物古迹，即无历史与文化，难以耐人寻思，更休论激发爱祖国、爱民族之思，而此书均能兼顾，且不仅有助于提高旅游一端而已。记洛阳之名园（《洛阳名园记》）、录扬州之画舫（《扬州画舫录》），将与《武林旧事》同兹千秋，爰为之序。

1981 年 8 月 25 日于上海同济大学建筑系

《姚承祖营造法原图》序

　　香山姚承祖先生课徒作《营造法原》，此即是书所绘原图也。其时特在1924年始，四五年间。邹生宫伍得之苏州，携以示余，余悲欢交集，规模法度，得庆重见，而历劫不磨，自有神护。早岁见紫江朱启钤先生撰《题补云小筑图》，心仪其人其术久之。三十年来，屡客吴中，徘徊于先生诸遗构下，思绪万千。复读先生遗著，惠我多矣。兹观斯编，更亲切如侍几席。吉光片羽，长留人间。爰为整理，公诸于世，足与晚近刊本《营造法原》互相参证也。先生字汉亭，别号补云，安徽歙县人，占籍江苏吴县香山，诞于1866年（清同治五年）农历三月十八日。祖灿庭，著《梓业遗书》。十一岁随叔开盛习木作，终岁营建于乡郡间，苏州邓尉香雪亭、怡园藕香榭、灵岩寺大殿等，皆其结构之著者。一度教授苏州工业专科学校，并任苏州鲁班会会长，江南耆匠也。于1938年农历五月二十一日弃世。子开泰世其业。五十年前姚先生曾绘《补云小筑图》，余曾见及，所列诸屋架式，与此集相若，惜已亡佚，而小筑之图影本幸存，故录朱先生原题及灵岩寺大殿设计图于后，图作于1933年夏，绘图者郁友勤，乃姚先生当手师傅，助其设计营建多年。谨述其概略如上。

1979 年 10 月识于上海同济大学建筑系

《长物志校注》序

　　余既为陈养材（植）教授校订并序其宏著《园冶注释》毕，复出《长物志校注》以示余。余恭奉其书，肃然起敬，喟然而叹曰：前辈治学之谨严，用力之勤笃，足为楷模。先生六十年来，致力于我国造园事业，为海内所宗仰。以余绪注文氏（震亨）此书，其引证之渊博，考订之详实，非流辈所能望及者。盖文氏之志长物，范围极广，自园林兴建，旁及花草树木、鸟兽虫鱼、金石书画、服饰器皿，识别名物，通彻雅俗。以其家有名园，日涉成趣，微言托意，无不出自性灵，非耳食者所能知。故注释此书之功，诚有大于计氏（成）《园冶》者。先生以耄耋之年，穷年兀兀，如郦道元之注《水经》，刘孝标之注《世说》，映带原文，增其隽永，有助于后学者，非造园一端而已。余交先生垂三十年，谊兼师友，常侍几席，观其于艰难困顿之时，胸怀坦荡，屏世事而寄于丛残卷帙之中，人所难堪者，而先生恬然安之，毅然任之，今日得见此书之付梓，涓滴之思，聊记其始末，忝在后学，敢贡芜辞，诚不能表寸心于万一也。

　　　　　　　1980 年梅雨江南陈从周识于上海同济大学建筑系

《守愚轩所藏古画集》序

昔欧阳公永叔《集古录》曰："物常聚于所好，而常得于有力之强。"金石刻之传于世而垂诸远者，胥有赖于性颛耆笃之士为之宝守而藏护之也。书画真迹之留存，皆昔贤精神所寓寄，非若金石刻之可施毡蜡、锲梨枣也，故得之益难能而益可贵。况夫缣楮易损，糜蠹易尽，则凡幸存于天地间有数之物，宜若何什袭缄秘之哉？至若金题玉躞之装，而沾寒具墨模之迹，穴厨之窃，据舷之呼，载籍所陈，比比皆是，因之收藏之家每获珍奇，辄复锢闭不肯轻出，每谓其吝，良非得已矣。

武进盛泮澄先生，风雅好古，收藏历代书画甚富，拟出所储，以资流传，而谦卑自牧，因约予及魏子乐唐相与鉴定整理，拔其萃尤，制版影印，且赓续刊布，公诸艺林，以家世之宝藏，永曩哲之坠绪，诚盛事也。命之曰《守愚轩所藏古画集》，以其尊人杏荪先生昔题其读书之处曰愚斋，所以为诵芬述德之意云。

尝读张彦远《历代名画记》以下诸著录，慨然于古来精绝之作，代移时异，千不存一，但存其名目，徒令人想象而不能自已者，由此集之印，或亦可少弥此恨欤！

戊子（1948年）三月，杭州陈从周序于沪西圣约翰大学

《杨宝森唱腔选》序

　　我是一个不懂戏剧的人，几十年来顶多只能说是个爱好者吧！我也有不少戏剧界的朋友，如梅兰芳、叶盛兰、俞振飞、余上沅等诸前辈，可是仍是一窍不通。如今为此集作序，说也惭愧，难以举笔啊！我曾见过戏台上的一联，后来曾引用它写入了我的园林建筑文章中。"'三五步，行遍天下；六七人，雄伟万师。'演剧如此，造园亦然。"读者觉得很有道理，看来艺术原理并没有所两样。这样壮了我的胆。

　　平时我爱看折子戏，而且更重复地看同一折子戏。由不同的演员去演，它正如游中国园林、赏水墨兰竹画一样，同中求不同，不同中求同，风花雪月，光景常新，所谓"曲以腔胜，腔因人异"，表现了演者和作者的不同思想感情与艺术造诣。中国艺术就是具有这种独有的特征，要讲韵味，重意境，更须谈气势。所谓气势，是有阳刚阴柔之分。唐代韩愈的文章是属于阳刚一路，宋代的欧阳修要与他抗衡，则别以阴柔出之，终于平分秋色，各臻其妙，成为两大流派。以此来谈唱腔，那么梅兰芳之与程砚秋，其情况亦正相同。现在看杨宝森同志的唱腔，其取径又仿佛似之，故才人为学，不以陈法所囿，能自辟蹊径，"青出于蓝而胜于蓝，冰源于水而寒于水"。事物就是这样在推进着。近来似乎有这样的一种倾向，观众对戏剧重故事，而忽视唱腔，趣味性要强，曲调高雅则忽略之。昆曲、京剧渐渐不为青年人所喜爱，这不能不说是存在着对我国固有文化修养淡薄的缘故。如此观剧，这与看连环图画又有什么两样？唱腔是剧情的主要部分，抑扬顿挫，移情动心，往往有超越动作之上。我每观剧总爱闭目静听，听中有想，剧情神态自然出之，老观剧者是深悟此理的。许锦文同志新编《杨宝森唱腔选》，能将杨氏的艺术记音传韵介绍给读者，确是很有价值的事。如果说建筑是凝固的音乐的话，那么戏剧又未尝不是流动的建筑呢。其实从理论来说，两者之间是存在着极其微妙的共同点，是息息相通的，因此我来充一次假内行，说上了几句其实是外行的话，用以介绍此书的自具特色罢了。

1980 年 2 月于上海同济大学

跋唐云竹卷

四十年前，西泠画家多雅集，王潜楼、武劼斋、王竹人、金耐青、高鱼占、余樾园、张红薇、阮性山、潘天寿、张子屏诸前辈及申石伽、来楚生等放笔湖上，落纸红霞，风格各擅。其时药尘（唐云）盛年，风华正茂，挥斥方遒，与同人相颉颃，若黄仲则之赋诗太白楼，群皆侧目。药尘画，初学新罗，丁丑后，居海上，转师清湘、八大，以生花之妙笔，抒旷达之心胸，视仲则之秋气，殆有鬼仙之别也。近则百事昌举，春随人意，药尘老兴顿增，信手拈来，皆成佳制，寄深（叶菁）居吴门，筑小圃，以盆栽自娱，而此半窗晴翠，其园居朝夕所心赏者，宜其宝藏又若此。以余与药尘同里，交亦久，属为之记。药尘旧居杭州珠宝巷，沪寓江苏路中一村，及今未迁宅。

1978 年写于苏州

也谈闻一多的封面画

　　本月15日是闻一多先生殉难十六周年纪念，余时（姜德明笔名）同志在本版写了《闻一多的封面画》一文，并且希望大家提供有关闻先生封面画资料，以供研究参考。

　　据我知道，闻先生与诗人徐志摩交谊很好。徐的一些著作，大部分的封面设计出于闻先生的手笔，其余则为江小鹣先生所作。1926年出版的《落叶》，1927年出版的《巴黎的鳞爪》，1931年出版的《猛虎集》，三张封面代表了三种不同的风格。《落叶》是空灵秀逸，《巴黎的鳞爪》已趋于简洁，到《猛虎集》的时期则泼辣遒劲，概括性极强了。至于徐志摩的《翡冷翠的一夜》，正如徐的自序上说："本书的封面图案翡冷翠的维基乌大桥的节景，是江小鹣先生的匠心，我得好好的道谢。我也感谢闻一多先生，他给过我不少的帮助，又为我特制《巴黎的鳞爪》的封面图案。"可见这书封面虽出江手，闻先生也参加了一些意见。

　　写到此我又联想到了我国的书籍，从20年代开始，直到30年代这一段时间内，艺术界的确创作出了很多

《巴黎的鳞爪》封面

极清新、极美丽、极有思想性的封面图案。这些东西是
研究我国近代艺术史的重要章节，我很希望能有人编一
部比较完整的全集，这对于今日封面图案创作是有所借
鉴的。

1962 年 7 月写

园林美与昆曲美

　　正是江南大伏天气，院子里的鸣蝉从早叫到晚，邻居的录音机又是备逞其威。虽然小斋中的这盆剑兰开得那么馥郁，然而"树欲静而风不止"。在无可奈何的情况下，我也只好"以毒攻毒"，开起了我们这些所谓"顽固分子"充满了"士大夫情趣"者所乐爱的昆曲来。"袅晴丝，吹来闲庭院，摇漾春如线。""朝飞暮卷，云霞翠轩。雨丝风片，烟波画船。"（《牡丹亭·游园》）悠扬的音节，美丽的辞藻，慢慢地从昆曲美引入了园林美，难得浮生半日闲，我也能自寻其乐，陶醉在我闲适的境界里。

　　我国园林，从明、清后发展到了成熟的阶段，尤其自明中叶后，昆曲盛行于江南，园与曲起了不可分割的关系。不但曲名与园林有关，而曲境与园林更互相依存，有时几乎曲境就是园境，而园境又同曲境。文学艺术的意境与园林是一致的，所谓不同形式表现而已。清代的戏曲家李渔又是个园林家。过去士大夫造园必须先建造花厅，而花厅又多以临水为多，或者再添水阁。花厅、水阁都是兼作顾曲之所，如苏州怡园藕香榭、网师园濯缥水阁等，水殿风来，余音绕梁，隔院笙歌，侧耳倾听，此情此景，确令人向往，勾起我的回忆。虽在溽暑，人们于绿云摇曳的荷花厅前，兴来一曲清歌，真有人间天上之感。当年俞平伯老先生们在清华大学工字厅水边的曲会，至今还传为美谈。那时，朱自清先生亦在清华任教，他俩不少的文学作品，多少与此有关。

苏州拙政园的西部，过去名补园，有一座名"卅六鸳鸯馆"的花厅，它的结构，其顶是用卷棚顶，这种巧妙的形式，不但美观，可以看不到上面的屋架，而且对音响效果很好。原来主人张履谦先生，他既与画家顾若波等同布置补园，复酷嗜昆曲。俞振飞同志与其父亲粟庐先生皆客其家。俞先生的童年是成长在这园中。我每与俞先生谈及此事，他还娓娓地为我话说当年。

中国过去的园林，与当时人们的生活感情分不开，昆曲便是充实了园林内容的组成部分。在形的美之外，还有声的美，载歌载舞，因此在整个情趣上必须是一致的。从前拍摄"苏州园林"，及前年美国来拍摄"苏州"电影，我都建议配以昆曲音乐而成功的。昆曲的所谓"水磨调"，是那么的经过推敲，身段是那么细腻，咬字是那么准确，文辞是那么美丽，音节是那么抑扬，宜于小型的会唱与演出，因此园林中的厅榭、水阁，都是最好的表演场所。它不必如草台戏的那样用高腔，重以婉约含蓄移人，亦正如园林结构一样，"少而精""以少胜多"，耐人寻味。《牡丹亭·游园》唱词的"观之不足由他遣"。"观之不足"，就是中国园林精神所在，要含蓄不尽。如今国外自从"明轩"建成后，掀起了中国园林热，我想很可能昆曲热不久也便会到来的。

昆曲之美，不仅仅在表演艺术，其文学、音韵、音乐，乃至一板一眼，皆经过了几百年的琢磨，确是我国文化的宝库。我记得在"文化革命"前，上海戏曲学校昆曲班邀我去讲中国园林，有些人看来似乎是"笑话"，实则当时俞振飞校长真是有见地。演《游园》《惊梦》的演员，如果他脑子中有了中国园林的境界，那他的一举一动，便不是无本之木、无源之水了，演来有感情，有生命，有声有色。梅兰芳、俞振飞诸老一辈的表演家，其能成一代宗师者，皆得之于戏剧之外的大量修养。我们有些人今天游园林，往往仅知吃喝玩乐，不解意境之美，似乎太可惜一点吧！

中国园林，以"雅"为主，"典雅""雅趣""雅致""雅淡""雅健"等等，莫不突出以"雅"。而昆曲之高者，所谓必具书卷气，其本质一也，就是说，都要有文化，将文化具体表现在作品上。中国园林，有高低起伏，有藏有隐，有动观、静观，有节奏，宜细赏，人游其间的那种悠闲情绪，是一首诗，一幅画，而不是匆匆而来，匆匆而去，走马看花，到此一游，而是宜坐、宜行、宜看、宜想。而昆曲呢？亦正为此，一唱三叹，曲终而味未尽，它不是那种"崩嚓嚓"，而是十分婉转的节奏。今日有许多青年不爱看昆曲，原因是多方面的，我看是一方面文化水平差了，领会不够；另一方面，那悠然多韵味的音节适应不了"崩嚓嚓"的急躁情绪，当然曲高和寡了。这不是昆曲本身不美，而正仿佛有些小朋友不爱吃橄榄一样，不知其味。我们有责任来提高他们，而不是降格迁就，要多做美学教育才是。

我们研究美学，要善于分析，要留心眼前复杂的事物，要深究其内在的关系。审美观点，有其阶级局限性，但我们要去研究它，寻其产生根源因素，找它在美上的表现，取其长而摒其短，囫囵吞枣，徒然停留在名词概念上，是缘木求鱼。我们历史中有许多在美学研究上要我们努力去寻求的，今天随便拉了这个题目，说来也不够透彻，如是而已。我们要实事求是，以历史唯物主义观点，辩证地去解释它，要尊重自己的民族、自己的历史、自己的文化。多做一些大家容易接受的美学知识，想来同志们是必然同意的吧！

写到此，那"粉墙花影自重重，帘卷残荷水殿风"（《玉簪记·琴挑》）的清新词句，又依稀在我耳边，天虽仍是那么热，但在我的感觉上又出现了如画的园林。

1981 年大伏

梓室谈美

郁达夫在《日本的文化生活》中写道："日本人的庭园建筑，佛舍浮屠，又是一种精微简洁，能在单纯里装点出趣味来的妙艺。甚至家家户户的厕所旁边，都能装置出一方池水、几树楠天，洗涤得窗明宇洁，使你闻觉不到秽浊的熏蒸。"作者为文学家，但寥寥数语真建筑行

龙安寺方丈庭院

家之谈。"单纯里装点出趣味来的妙艺",道出日本建筑的精神。

唐人张泌《寄人》诗:"别梦依依到谢家,小廊回合曲阑斜。多情只有春庭月,犹为离人照落花。"此真写庭园建筑之美,回合曲廊,高下阑干,掩映于花木之间,宛若现于目前。而着一"斜"字又与下句"春庭月"相呼应,不但写出实物之美,而更点出光影之变幻。就描绘建筑言之,亦妙笔也。余集宋词有:"庭院无人月上阶,满地栏干影。"(见拙编《苏州园林》)视张泌句自有轩轾,一显一隐,一蕴藉一率直,而写庭园之景则用意差堪似之。

清人江湜诗:"秀难掩弱怜玄宰(董其昌),熟始呈能陋子昂(赵孟頫)。"评董、赵两家之书法真入骨三分,"秀难掩弱"四字真堪玩味。书画忌"俗、熟、浊",难于"清、新、静",而"重、拙、大",则最为上乘矣。

恽寿平云:"山从笔转,水向墨流。"此谓画山水画之高超纯熟境界。又云:"董宗伯(其昌)云,画石之法曰瘦、透、漏,看石亦然,即以玩石法画石,乃得之。"余谓园林选石叠石亦然,其理一也。余曾云,书画石刻,能做到"用笔如用刀,用刀如用笔","软毫写硬字,坚毫写软字",则能转刚为柔,化柔为刚,以事物之转化,

［清］恽寿平《画山水册》（临卢鸿草堂图）

达动力之能事，产生更好之效果与美感。

恽寿平云："青绿重色，为浓厚易，为浅淡难。为浅淡易，而愈见浓厚为尤难。"恽氏此论极精，所谓实处求虚，虚处得实。淡而不薄，厚而不滞，是种境地，诚从千百次实践中得之。余云作淡青绿山水，必先从浅绛山水中求之，浅绛山水又从墨笔山水中得之。盖色者敷也，副也。接气之用耳，画之精神全在笔墨中。所谓"真"才是美。

俞樾在清光绪初建苏州曲园（今半废，叶圣陶、顾颉刚、俞平伯诸先生建议重修），因地形为曲形，与篆文（曲）字相似，故名"曲园"。其中凿一凹形之小池，又与篆文凹（曲）字相似。命其亭为"曲水亭"。此用中国文字形式之美，作为设计之主导思想而构思成园者。俞平伯先生为曲园老人（俞樾）曾孙，久居北京，念故园，属余写曲园芙蓉折枝。赋诗为报："丹青为写故园花，风露愁心恰似他；闻道曲园皆井矣，一枝留梦到天涯。"真红学家之笔也。恽寿平云："元人园亭小景，只用树石坡池，随意点置以亭台篱径，映带曲折，天趣萧闲，使人游赏无尽。"此数语可供研究元代园林布局之旁证。故余曾云，不知中国画理，无以言中国园林。

沈括《梦溪笔谈》："画牛虎皆画毛，惟马不画毛。"是论极有见地。余谓马之佳者，其毛细而贴身，望之光润，设一添毫便无骏气。尝见唐宋人画仕女发，乌黑平涂，望之如生。而神仙少须必笔笔画出。盖密浓者不能以碎笔为之，疏稀者必以繁笔达之。繁以简来概括，简以繁来表达，在艺术处理中很多存在此理。

"凡观名迹，先论神气，以神气辨时代，审源流，考先匠，始能画一而无失矣。"此恽寿平论鉴赏古画之法，实则品题任何艺术品皆然。所谓气者，为物之概括全面反映，所谓从整体来观察事物。人们常言，"一见钟情"，辛弃疾词中之"乐莫乐新相识"，在着眼于第一面之最好印象。世间最美者亦在于此一瞬间。而《西厢记》所说"怎当他临去秋波那一转"，则又是在相反的情况下出之。其隽永印象一也。

挑灯偶读，掇拾一二，聊供夜谈而已。

1980 年春写

弦歌绕绿荫

淡淡的秋阳斜照在同济大学北楼的鬓边，疏林寂寂，正是向晚的时刻了。我信步从文远楼踏着无力的树梢薄影，多么恬静而明洁啊！这暮秋天气实在宜人。林中有些红叶，路边点缀稀落的几朵黄花，却逗人以"天意怜幽草，人间重晚晴"的诗意。

在静的诗境里，传来了几声读书声，它触动了我的回忆，又引起了我的遐思，我又仿佛回到五十年前的少年时代，与这些同学们一样，在林间、水边捧着书本朗诵。我想起了中学时代校歌中的"面田畴，背冈岭，弦歌绕绿荫"（弦歌是读书之声）是那么熟悉。最近我回信给一位当时的老师，他虽然九十岁了，然而我写上了这两句歌词，他阅后老泪纵横。

我记起了冰心写的诗篇："童年呵！是梦中的真，是真中的梦，是回忆时含泪的微笑。"我开始沉默了，我尝到了这含泪的微笑的滋味。流光啊！是一去不复返的。冰心又写过："青年人呵！为着后来的回忆，小心着意的描你现在的图画。"世界是你们的，归根结底是你们的。

你们应该珍惜当前的每一寸光阴，这种温暖体贴的学校环境，切莫辜负它啊！学校是可爱的，祖国是可爱的，我们在这种可爱的环境中孕育着无比的幸福。过后的几十年，你们也会和我一样有着这种微妙难言的感情。我想人之所以异于禽兽者，亦不过是有一个高尚纯洁的灵魂。我想得很多，我开始谴责自己，"养不教，父之过。教不严，师之惰"。身教言传，人民寄予我们的希望，我如何图报于万一呢！

1981 年秋

旅游杂感二则

还我自然

近年来，我因工作关系，到过不少名胜风景区，看到"四人帮"任意破坏美景所造成的损失是很大的，而关于应该如何修建的问题，倒也使我颇费踌躇：有些修建能"得体"，做得很好，可说画龙点睛，益增风景之雄伟与妩媚；有些却"好心肠"而出力不讨好，弄巧成拙。

山林风景，其异于城市的主要是有山有水，即有自然之美。人们在城市中，终年很少有机会接触大自然。春秋假日，偶一出游，乐事从容，是多么难得的机会。所渴望见到的，是真山真水，而不是平时见惯的高楼大厦。"小径红稀，芳郊绿遍"，尤其使人依恋。这就叫我们领会到游者所乐爱的是什么了。

去年，我曾到过宜兴，看了善卷、张公诸洞。洞的确雄奇，谁信在一望平畴的江南水乡中有此奇迹。当人们在数声柔橹中舍舟登岸，数里之遥，有此佳境，诚难言哉！可是，当我一进大洞，五色缤纷，电光若炬，几疑身于餐厅之中，而奇岩怪石，面目狰狞，自然之妙难言，恐怖之情倍增，因为人工之力有违自然。将一个极自然的洞穴，装上五彩电灯，又将原来岩石装塑做野兽之状，其效果如何？恕我难言，游者自得之也。苏州天平山，有个钵盂泉，本来涓涓流水，一泓清池，其前小阁依山，极自然之美。如今在这里建造了一所现代化的平顶茶室，远视之仿佛是一所动物园的狮虎居，我怕得不敢去喝茶，人们也多不满之词。郊园多野趣，就是无华堂厦屋，又何必对不配合环境、不符合自然景物的一些建筑钟情如此呢？"因地制宜""区别对待"，在各种设计中，原是一个基本原理，群众倒能谈得上是好是坏，主其事者却大有"不见庐山真面目，只缘身在此山中"之感。对风景区的规划与建筑要慎重啊！一下子破坏了，"黄鹤一去不复返"矣。

不但自然景物如此，古迹修缮又何尝不是这样呢！最近有机会看到的山东聊城光岳楼，是我国最老的明代建筑之一。一别数载，老友重逢，能不欣舞！但相见之下，又哑然失笑。黑发已成红颜，似服了大量的"首乌片"。青春虽已焕发，新装却宛如"村姑"。本来古色古香的一座楼阁，顿如看越剧《红楼梦》了，我也几成刘姥姥。妙哉！妙哉！这些例子，着实不少，恕我弄笔，抱歉之至。统而言之，总而言之，姑题"还我自然"。

1978 年写

"老摩登"——名胜杂谈

过去，对上了年纪的人还在学时髦，装饰得不伦不类，人们就称他为"老摩登"。"摩登"是"现代"的意思，加上个"老"字，用意便风趣了。

我们搞建筑，最关键的是"得体"，正如戏剧一样，不论哪个角色都要演得恰如其分才是。最近有机会到河北遵化去参观了清代的东陵。东陵自从军阀孙殿英盗了其中乾隆、慈禧二陵以后，就名闻中外。如今东陵作为游览点开放了，连二陵的地宫也可以进去了。那里风景实在太幽美了，四山合抱，古松成林，黄瓦朱墙，掩映于蓝天翠海之中，足使游者盘桓而不忍离去。尤其乾隆的地宫规模，可与十三陵的定陵相比。其雕刻盈壁，正表现了乾隆朝的人力物力。但等我入内，华丽的现代化吊灯、壁灯，照耀如同白昼，如同餐厅。我几乎忘身置于何处，大概"地下宫殿"必与地上宫殿一样吧，否则何以名为殿，遗憾的没有加上几个假窗户。慈禧陵的地宫较小，较简单，但也受到同样待遇。这样的照明，我真不懂对参观者起了什么作用？这样做就不得体了，既是新式灯具与古代建筑不调和，又破坏了古建筑的局部石面与雕刻，在地宫中出现了一种使人难以想象的气氛和境界。不说明，谁信这是"地宫"呢，应该算是"老摩登"了吧？

地下宫殿的照明，应注意其特点为"照明"，而不是在"装饰"。要突出的是陵墓本身，而不是灯具本身。要多请教考古工作者，要做到有光而不突出灯，灯宜隐而不宜显，这样既不破坏气氛，又能使游者参观自如，对古建筑来说，就是"依然故我"，那才是高手笔、高文化了！

1979 年冬

一样爱鱼心各异

　　我们新村里，三十年来乔木成荫，杂花吐芳，流莺酬唱。想不到恬静安适的居住环境，却传来了一阵阵枪声，群鸟乱舞，血肉横飞，其情可怜……原来，这里被一群青少年选中为他们的擒猎之处。"一种爱鱼心各异，我来施食尔垂钩。"白居易当年的情怀，顿时重现在我的心头。而和我前年旅游欧美之日，公园中、村舍里，鸣禽上下，时夸得意的那种样子，简直不可同日而语。起先我默然了，但默然又于事何补呢？便终于鼓起了勇气，和那些荷枪的勇士们议论起来了。我问他们："你们为什么打鸟？"回答是："白相，欢喜它。"我说："我也欢喜它。我也爱白相。"他们笑了，我于是再继续发表我的"谬论"："我们大家都欢喜鸟，但欢喜的方式不同，你们因为欢喜，非置之于死地而方休，拿到手中方称快。而我呢？爱看它们轻盈的姿态，爱听它们清脆的啼声。虽然大家爱鸟的心一样，可是结果不同了。"我再背诵并解释了白居易的那首诗，他们都笑了，似乎有所感动，准备放下"屠刀"，齐声说："不干了。老先生你说得有理。"

我们便融洽地挥手而别。

在城市中打鸟，看来是无关紧要的事，从来也没人干涉过，也从来未听到过议论。但是在国家、人民都向文明的境界迈步的时候，类似这种在城市中随便打鸟的事，恐怕也不能旁观视之。深愿枝头好鸟鸣，绿树欣成荫。这就不只是园林管理部门的事了，应当引起我们大家注意。

1979 年写

留园小记

"江南园林甲天下，苏州园林甲江南。"（前人未曾说过，是我所概括。）这些亭台处处、水石溶溶的名园，争妍斗巧，装点出明媚秀丽的江南风光。园以景胜，景因园异，如拙政园以水见长，环秀山庄以山独步，而留园则山石水池外，更以建筑群的巧妙安排与华丽深幽著称。

留园又称寒碧山庄，因多植白皮松而得名。由著名的叠山家周秉忠所叠石。在明代中叶（十六世纪末）乃开始创建，其后经过几次重建。但在解放前却遭受了严重的破坏，特别是军队在这里驻扎，精致的厅堂成了马房，楼阁亭榭毁的毁、坍的坍，没有一处完整。解放后大规模的修建，才使这名园恢复了青春，并由国务院公布为全国重点文物保护单位。

留园中部以水为主，环绕山石楼阁，贯以长廊小桥。东部以建筑群为主，建大型厅堂，参置轩斋，间列峰石，曲折多变。西部以山为主，漫山枫林，亭榭一二。其南则环以曲水，间植桃柳，多自然景色。

入留园，自漏窗北望，就隐约见山石池台，行数步至涵碧山房，这是临水的荷花厅。左倚明瑟楼，旁修游廊，登山则达闻木樨香轩，坐此可周视中部园景，楼阁参差，掩映于古木奇石之间，曲廊花墙，倒影历历，浅画成图，若在池东举首远眺，则西园枫林尽收眼底。秋时绚红，艳可醉人。

　　东部的主要建筑物五峰仙馆，内部装修陈设精致雅洁。厅前左右皆有大小不等的院落，绕以回廊，环植竹木，将院中的峰石点缀得十分妥帖。而庭院深深，花影重重，游者至此往往相失。其东为鸳鸯厅，室内华丽精美，北向面对冠云楼及冠云沼水池，池立冠云、岫云、瑞云三峰，这是太湖石中的上选，中国园林中名贵的天然雕刻品。园西部为一座土石相间的大假山，山多枫树，登山可饱览虎丘、灵岩、天平等苏州名山的景色。

　　留园位于苏州市阊门外，是游览虎丘及西园寺诸胜必经之道，停车小驻，稍事盘桓，可极半日之欢。

1961 年写成

恭王府小记

　　是往事了！提起神伤。却又是新事，令人兴奋。回思1961年冬，我与何其芳、王昆仑、朱家溍等同志相偕调查恭王府（相传的大观园遗迹），匆匆已十余年。何其芳同志下世数载，旧游如梦！怎不令人黯然低回。去冬海外归来，居停京华，其庸兄要我再行踏勘，说又有可能筹建为曹雪芹纪念馆。春色无边，重来天地，振我疲躯，自然而然产生出两种不同的心境，神伤与兴奋，交并盘旋在我的脑海中。

　　记得过去看到英国出版的一本喜龙仁（Osvald Sirén）所著的《中国园林》，刊有恭王府的照片，楼阁山池，水木明瑟，确令人神往，后来我到北京，曾涉足其间，虽小颓风范而丘壑独存，红楼旧梦一时涌现心头。这偌大的一个王府，在悠长的岁月中，它经过了多少变幻。"词客有灵应识我"，如果真的曹雪芹有知的话，那我亦不虚此行了。

　　恭王府在什刹海银锭桥南，是北京现存诸王府中，结构最精，布置得宜，且拥有大花园的一组建筑群。王府之制，一般其头门不正开，东向，入门则诸门自南往北，当然恭王府亦不例外，可惜其前布局变动了，尽管如此，可是排场与气魄依稀当年。围墙范围极大，唯东侧者，形制极古朴，"收分"（下大上小）显著，做法与西四羊市大街之历代帝王庙者相同，而雄伟则过之。此庙为明嘉靖九年（1530年）就保安寺址创建，清雍正七年（1729年）重修。于此可证恭王府旧址由来久矣。府建筑共三路，正路今存两门，正堂（厅）已毁，后堂（厅）悬"嘉乐堂"额，传为乾隆时和珅府之物。则此建筑年代自明。东路共三进，前进梁架用小五架梁式，此种做法，见明计成《园冶》一书，明代及清初建筑屡见此制，到乾隆后几成绝响。其后两进，建筑用材与前者同属挺秀，不似乾隆时之肥硕，所砌之砖与乾隆后之规格有别，皆可初步认为康熙时所建。西路亦三进，后进垂花门悬"天香庭院"额，正房有匾名"锡晋斋"，皆为恭王府旧物。柱础施雕，其内部用装修分隔，洞房曲户，回环四合，精妙绝伦，堪与故宫乾隆花园符望阁相颉颃。我来之时，适值花期，院内梨云、棠雨、丁香雪，与扶疏竹影交响成曲，南归相思，又是天涯。后部横楼长一百六十米，阑干修直，窗影玲珑，人影衣香，令人忘返。其置楼梯处，原堆有木假山，为海内仅见唯一孤例。就年代论此楼较迟。以整个王府来说似是从东向西发展而成。

楼后为花园，其东部小院，翠竹丛生，廊空室静，帘隐几净，多雅淡之趣，虽属后建，而布局似沿旧格，垂花门前四老槐，腹空皮留，可为此院年代之证物。此即所谓潇湘馆。而廊庑周接，亭阁参差，与苍松翠柏，古槐垂杨，掩映成趣。间有水石之胜，北国之园得无枯寂之感。最后亘于北垣下，以山做屏者为"蝠厅"，抱厦三间突出，自早至暮，皆有日照，北京唯此一处而已，传为怡红院所在，以建筑而论，亦属恭王府时代，左翼以廊，可导之西园。厅前假山分前后二部，后部以云片石叠，为后补，主体以土太湖石叠者为旧物，上建阁，下构洞曲，施石过梁，视乾隆时代之做法为旧，山间树木亦苍古。时期固甚分明。其余假山皆云片石所叠，树亦新，与其附近鉴园假山相似，当为恭王时期所添筑。西部前有"榆关""翠云岭"，亦后筑。湖心亭一区背出之，今水已填没，无涟漪之景矣。园后东首的戏厅，华丽轩敞，为京中现存之完整者。

俞星枢（同奎）先生谓："花园在恭王府后身，府系乾隆时和珅之子丰绅殷德娶固伦和孝公主赐第。"可证乾隆前已有府第矣。又云："公元1799年（清嘉庆四年）和珅籍没，另给庆禧亲王为府第。约公元1851年（清咸丰间）改给恭亲王，并在府后添建花园。"此恭王府由来也。足以说明乾隆间早已形成王府格局，后来必有所增建。

四十年前单士元同志曾写过《恭王府沿革考略》载《辅仁学志》，有过详细的文献考证。我如今仅就建筑与假山作了初步的调查，因为建筑物的梁架全为天花所掩，无从做周密的检查，仅提供一些看法而已。

在国外，名人故居都保存得很好，任人参观凭吊。恭王府虽非确实的大观园，曹氏当年于明珠府第必有所往还。雪芹曾客南中，江左名园亦皆涉足，故我与俞平伯先生同一看法，认为大观园是园林、艺术的综合，其与镇江金山寺的白娘娘水斗、甘露寺的刘备招亲，同为民间流传的故事。如今以恭王府作为《红楼梦》作者曹雪芹的纪念馆，则又有何不可呢？并且北京王府能公开游览者亦唯此一处。用以显扬祖国文化，保存曹氏史迹，想来大家一定不谓此文之妄言了。

1979 年 5 月写成于同济大学建筑系建筑史教研室

后记

    东坡诗云："泥上偶然留指爪，鸿飞那复计东西。"
这本集子，原是我调查研究古建筑与园林的副产品，也
有若干其他零星文字，从未存出版再与读者见面的幻想。
随着年事的增长，友朋往往以我懒散不自惜，任其沉浮，
欲再寻我刊登过的点滴，查询无从。近几年来因国内外
仆仆风尘，实在坐不下来清理它，适逢内侄蒋启霆君退
休多暇，为我迻录，正如他赠我诗所说："醉后挑灯纂君
文。"盛情可感，如果没有他帮助的话，恐怕不知要拖
到哪一天。我这人既非文人，又非学者，更难跻身画家，
但总算得上一个知识分子，有了一点点知识，所见所闻
所想，总有所感触，还可以用笔写下来。逝水年华，要
它不逝水，这是不可能的，琐琐之记，亦就是在逝水中
所留的痕迹吧。书名定为《书带集》，因为书带草是江南
园林中最常见的长绿草，算不了什么，但又少不了它。
我这类文字或许有点相似吧。

    俞平伯老先生见了此集，以八十二岁高龄为我写序，
太过誉了一些，徒滋愧色，这是前一辈的学者对我的鞭

策与鼓励。叶圣陶老先生使八十七岁的劲腕，留下了《书带集》的题名，使我感激万分，谨此泥首为谢，祝二老身体康泰。

1980 年 12 月 4 日自广德归，写于上海同济大学建筑系

此书是1980年冬结集的，后来再加了几篇近两年来的文章，一起付梓。

1982 年 8 月 3 日又记

陈 从 周 作 品 精 选

出 品 人	康瑞锋
项 目 统 筹	田 千
产 品 经 理	吕芙瑶
编图及版式	宽 堂
封 面 设 计	InnN Studio

从 周
书法 陈从周先生

陈
从
周
作
品
精
选

《谈园录》
《书带集》
《春苔集》
《帘青集》
《随宜集》
《世缘集》
《梓室余墨》

在这里，与我们相遇

领读名家作品·推荐阅读

领读小红书号

领读微信公众号

黄石文存
冯至文存
费孝通作品精选
何怀宏作品选